Harry Schick

Renate Krohn   Stefan Zenker

Tatort Leverkusen

Krimi-
Kurzgeschichten
Leverkusener Autoren

Ähnlichkeiten zu realen Orten sind gewollt. Personen und Handlungen dagegen sind frei erfunden. Bezüge zu Menschen unserer Stadt wird man vergeblich suchen.

Renate Krohn wurde 1948 in Hüls am Niederrhein geboren.
Sie ist die Autorin von
„… und zum Frühstück Spaghetti"
„… ham se heute wieder Klopapier"
„Hanni, das gestreifte Schweinchen und andere Tiergeschichten"
„Maria Ines"

Harry Schick, 1966 in Bremen geboren, lebt seit 1994 in Opladen. Er ist verheiratet, Vater von zwei Söhnen und arbeitet als Autor.
Von ihm sind die Leverkusen-Krimis
„Der Fall Dreyer – Tod eines Chemikers"
„Der Fall Polke – Tod eines Patienten"

Stefan Zenker wurde am 31. Januar 1966 in Leverkusen geboren. Nach dem Abitur spielte er als Handballprofi bei TSV Bayer 04 Leverkusen und bei HSG Düsseldorf. Er ist Kaufmann der Grundstücks- und Wohnungswirtschaft sowie Vermögensberater.
Stefan Zenker lebt mit seiner Lebensgefährtin und seinen zwei Söhnen in Opladen.
Er ist der Autor des Leverkusen-Krimi „Esther Goldblum & die Tränen des Todes"

© bei den Autoren
Herstellung & Verlag:
Books on Demand GmbH

ISBN 3-8334-0467-1

Der Treppensturz

von Stefan Zenker

„Es wäre ganz allein meine Aufgabe gewesen, die neuen Getränke zu holen, nicht seine. Ich hatte versprochen, ihm bei der Party zu helfen", sagte Sina mit Tränen in den Augen und starrte durch das offene Fenster in den sternenlosen Nachthimmel über der Notaufnahme des Klinikums Leverkusen in Schlebusch. „Aber ich hatte keine Lust. Ohne meine Faulheit wäre es nicht dazu gekommen." Sie schniefte laut und legte ihren Kopf an meine Brust.

„Aber dich trifft doch keine Schuld", versuchte ich sie zu beruhigen. „Er hätte auf der Treppe einfach vorsichtiger sein müssen und außerdem befanden wir uns in seiner Wohnung."

Gemeint war Paul Hartmann. In der Schule hatten sich die Mädchen nur für ihn interessiert, gleichgültig, ob er in ihrer Nähe war oder nicht. Wir anderen Jungs waren nichts als Luft für die Mädchen, kamen uns ziemlich dumm vor und blieben mit unserem schmerzhaften Hormonstau verzweifelt zurück. Paul war von der Natur mit allem ausgestattet worden, was Mädchen damals anmachte. Kohle besaß er zu allem Überfluss auch zur Genüge. Den anderen Jungs und mir blieb nichts anderes übrig, als sich ins Schicksal zu ergeben.

Natürlich war das Thema Mädchen damals trotz seiner großen Bedeutung nicht alles gewesen. Aus Paul Hartmann, Sina Boger, Michael Nannen, Thomas Wallstadt, Ines Venduki und mir war im Laufe der Jahre in der Oberstufe ein fester Freundeskreis geworden.

Nach dem Abitur hatte das Leben mit jedem von uns seinen ganz eigenen Plan. Paul ging zum Betriebswirtschaftsstudium in die Vereinigten Staaten und hatte dort anschließend eine ansehnliche Karriere gemacht. Dies gelang ihm mit einem Abitur, das er mit Hängen und Würgen auf der Gesamtschule an der Deichtorstraße in Rheindorf gebaut hatte. Das war vor ungefähr zehn Jahren gewesen.

Wir Normalsterblichen hingegen waren entweder zu Bayer in die Ausbildung gegangen oder hatten ein Studium an der Uni Köln absolviert.

„Ich hätte nicht soviel Hochprozentiges mit ihm trinken sollen", meinte Thomas.

„Konnte ja auch niemand ahnen, dass Paul nichts verträgt", sagte Michael, der in der Schule der absolute Sportfreak gewesen war. Hinter vorgehaltener Hand hatte man getuschelt, dass er nur aufgrund seiner athletischen Begabung das Abitur bestanden hatte und unserem Sportlehrer, der eindeutig das männliche Geschlecht bevorzugte, zu Diensten gewesen war. Aber das waren nur Gerüchte gewesen und mir war es gleichgültig gewesen, wessen Schwanz er gelutscht hatte, solange es nicht meiner sein musste. Ich war auf Ines scharf gewesen.

Ich schaute mich in der Notaufnahme des Klinikums um. Links und rechts waren mehrere Sitzgruppen angeordnet, in denen aber jetzt, weit nach Mitternacht, niemand saß. Die Wände waren weiß gestrichen. Abgetrennt wurde die Notaufnahme durch milchige Glasscheiben, deren oberer Fensterteil offen stand. Am Ende des Raums war ein großes Fenster, an dem jetzt Sina stand und eine Zigarette nach der anderen rauchte. Gedankenverloren schaute sie in die Nacht hinaus. Meine ehemalige Mitschülerin gab sich tatsächlich die Schuld an dem Unglück, sächlich die Schuld an dem Unglück, das Paul ereilt hatte. Aber sie traf keine Schuld. Sina konnte genauso wenig dafür, wie die anderen, die hier in der Ambulanz standen und unter dem Eindruck der Erlebnisse warteten.

Wir waren zu fünft in einem Auto hinter dem Rettungswagen hergefahren, um Paul beizustehen. Er war auf den Kopf gefallen, hatte viel Blut verloren und es stand nicht gut um ihn. Noch nicht einmal geschrieen hatte er, als er am Ende der Treppe lag. Nur geblutet hatte er wie ein Schwein und beim näheren Hinsehen glaubte ich sogar, dass Gehirnmasse ausgetreten war, doch so genau kannte ich mich damit nicht aus.

Hätte man uns angehalten und einer Alkoholkontrolle unterzogen, würde zumindest Thomas, der Fahrer des Wagens, in einem der Räume der Notaufnahme sitzen und längst zu einer Blutalkoholkontrolle gebeten worden sein.

Es war eine Wiedersehensparty gewesen, die Paul veranstaltet hatte. Durch seinen nicht unerheblichen geschäftlichen Erfolg in den USA hatte er privatisiert. Er war nach Deutschland zurückgekehrt, um seine Lebensabend hier zu verbringen. Lebensabend mit Ende zwanzig. Ich fand, dass er ein arrogantes Arschloch war. Ich hatte die Einladung angenommen, um die anderen, die auf der Einladung standen, wiederzusehen. Auf das Treffen mit Paul hatte ich keinen gesteigerten Wert gelegt.

Wir hatten in alten Erinnerungen geschwelgt und es waren Unmengen von Alkohol in Pauls schicker Eigentumswohnung in Wiesdorf geflossen. Allerdings waren wir nach dem Unglück auf der Treppe schlagartig nüchtern gewesen.

5

„Ich hätte die Einladung nicht annehmen sollen", sagte Ines Venduki sachlich. „Dann wäre mir der ganze Horror hier erspart geblieben. Aber ich wollte doch zu gerne den Mann noch einmal sehen, mit dem ich das erste Mal im Bett war."

Die Gespräche verstummten. Wir starrten Ines an. Dass Paul sie während der Schulzeit attraktiv gefunden hatte, konnte ich verstehen. Jedoch wusste keiner von uns, dass sie tatsächlich zusammen in der Kiste gewesen waren. Heute wie damals hatte Ines eine traumhaft schlanke Figur. Vor zehn Jahren hatte sie lange, schwarze Haare gehabt. Jetzt trug sie sie kurz und rot gefärbt. Zur Feier des Tages und zu meiner heimlichen Freude hatte sie ihren schlanken Körper in ein enges Kleid gesteckt. Dadurch kamen ihre Vorzüge sehr gut zur Geltung.

„Was starrt ihr mich alle so an? Schließlich sah er gut aus. Und er hatte die meiste Kohle. Da braucht ihr gar nicht so zu gucken. Mit Paul passte halt alles. Er war ein sehr guter Liebhaber. Es dauerte lange, bis ich wieder jemanden fand, der es mir so kraftvoll besorgte. Ich war gierig nach seinen Stößen."

Ines schaute uns alle offen und provozierend an. Als niemand etwas auf ihre Beichte erwiderte, ging sie zu Sina ans Fenster und zündete sich ebenfalls eine Zigarette an.

Die Tür der Notaufnahme, die zu den Untersuchungsräumen führte, wurde aufgestoßen und ein Arzt betrat den Vorraum der Ambulanz. Ich bemerkte, dass sein Stethoskop aus einer Tasche des Kittels heraushing.

Er mochte Mitte fünfzig sein. Der Arzt blieb einen Moment stehen, dann kam er auf uns zu.

„Sie gehören zu Paul Hartmann?"

Wir nickten stumm und ich meinte, das aufgeregte Pochen unserer Herzen im gleichmäßigen Rhythmus schlagen zu hören.

„Es tut mir leid, aber ich muss Ihnen mitteilen, dass Ihr Freund vor fünf Minuten seinen Verletzungen erlegen ist. Die inneren Blutungen und der Schädelbruch waren zu massiv."

Ich merkte, wie meine Beine weich wurden. Den Tod hatte ich ihm nun wirklich nicht gewünscht. Leiden konnte ich ihn zwar nie besonders, doch dass es jetzt so weit gekommen war, hatte niemand von uns gewollt.

Sina weinte jämmerlich. Sie gab sich endgültig die Schuld an dem Unglück. Dabei war sie genauso unschuldig an Pauls Tod wie jeder andere.

Schließlich war ich Paul nachgegangen und hatte ihn am Ende der Treppe zum Keller liegen sehen. Aber sollte ich mir deshalb Vorwürfe machen? Ich glaubte nicht.

„Wenn ich sonst nichts mehr für Sie tun kann, bitte ich Sie, mich zu entschuldigen. Ich muss wieder rein."

Er gab jedem von uns die Hand und gab seinem Beileid Ausdruck. Ich fand, damit hatte er seine Leistung vollends erbracht.

Nachdem der erste Schock nachgelassen hatte, verließen wir schweigend die Notaufnahme.

Langsam gingen wir zum Auto und fuhren nach Wiesdorf zurück. Niemand sprach ein Wort. Schnell wurden Telefonnummern ausgetauscht und wir versicherten, miteinander in Verbindung zu bleiben. Wir verabschiedeten uns auf dem Marktplatz voneinander. Schließlich ging jeder seiner Wege.

Das alles ist jetzt fünf Jahre her.
Ich habe nie eine der Telefonnummern gewählt und merkwürdigerweise keinen der

alten Freunde jemals wiedergesehen. Zur Beerdigung war ich nicht gegangen, weil mich meine Schwester gebeten hatte, ihr am Tag von Pauls Beisetzung bei der Renovierung ihrer alten Wohnung zu helfen. Tapezieren war nie ihre Stärke gewesen.

Mit dem Tod von Paul Hartmann war das unsichtbare Band durchschnitten worden, das unseren alten Freundeskreis die ganzen Jahre über miteinander verbunden hatte.

Ich weiß nicht, warum ich gerade heute an den Vorfall von damals denken musste. Vielleicht sollte ich langsam ins Bett gehen. Als ich die Fernbedienung endlich fand, schaltete ich den Fernseher aus und ging ins Bad.

Ich putzte mir die Zähne und schaute mein Spiegelbild an. Ich fing an zu grinsen.

Die Kraft meiner Macht hatte mir gefallen, doch vielleicht hätte ich ihn nicht die Treppe heruntersto ßen sollen, aber Spaß hatte es mir in jedem Fall gemacht.

Tante Grete

von Harry Schick

Es gibt den perfekten Mord und meiner Tante ist er gelungen.

Dabei hatte ich versucht, meine Tante Grete zu töten. Sie war meine letzte Verwandte. Sie litt jahrelang an einem schweren Herzleiden und dieses verdammte Herzleiden bekam ich dauernd vorgehalten, selbst wenn ich krank im Bett lag und nicht zur Arbeit gehen konnte. So aufregend war mein Beruf als Chemielaborant bei Bayer auch wieder nicht, dass ich für ihn meine Gesundheit ruiniert hätte.

Gerade weil ich Tante Grete für die erfolgreiche Durchführung meines Plans ganz nahe sein wollte, räumte ich meine kleine Wohnung an der Mülheimer Straße und zog zu ihr in die Villa in der Humperdinckstraße der Waldsiedlung. Obwohl sie wusste, wie ich war, ließ sie mich bei sich einziehen. Ich erklärte es mir mit ihrem Alter und mit der Tatsache, dass sie einsam war und außer mir niemanden hatte. Nach außen verhielt ich mich wie der besorgte Neffe. Im Zusammenleben mit meiner Tante gab ich mich wie immer. Ihr Herz sollte platzen und ich wollte reich werden.

Vor genau neun Tagen sagte meine Tante zu mir: „Du faulenzt mir zu viel herum, arbeitest zu wenig. Du spielst dauernd krank, nur um nicht zur Arbeit gehen zu müssen. Ich war in deinem Alter bereits schwer herzleidend, aber ich habe meine Firma erfolgreich verwaltet. Das Vermögen, das ich jetzt aus dem Verkauf meiner Firma bekommen habe, wirst du nicht erben. Geld würde dir nur schaden. Glaube mir, es ist nur gut für dich, wenn ich dich enterbe!" Ich lag noch im Bett, sprang aber sofort auf und kleidete mich voller Wut an. Ich musste also sofort handeln.

Grinsend ging ich an meinen Schrank und holte die bis dahin sorgfältig versteckte Spritze hervor. Dann packte ich Tante Gretes Kater Peterchen, schleppte das dicke, schwere Tier vor ihre Augen und verabreichte ihm eine Injektion. „Ich töte das Vieh. Du enterbst mich und ich töte dein Katervieh! Das ist nur logisch. Es ist nur zu seinem Besten, träge wie der Fettwanst ist!"

Lachend verabreichte ich dem fettleibigen Stubentiger eine Injektion, noch bevor mir meine Tante in den Arm fallen und meinen Plan verhindern konnte.

„Mein Katerchen, oh' mein armes Katerchen!", schrie sie und fasste sich ans Herz. Ich warf den leblosen Kadaver aufs Sofa.

Regungslos lag das Katzentier da. „Mein armes Katerchen!", wiederholte Tante Grete zeternd. Ich blieb cool. „Willst du nicht den Nachbarn mitteilen, dass ich deinen blöden Kater gekillt habe? Aber die werden sich nur darüber freuen, weil sie doch immer so großes Mitleid mit den Vögeln haben, die dein Peterchen fängt und frisst!"

Meine Tante stieß einige unartikulierte Laute aus und wankte, sichtlich angeschlagen, zur Tür.

Zwei Minuten waren seit Verabreichung der Spritze verstrichen. Eine weitere Minute dauerte es, bis Tante Grete das Haus verlassen hatte. Vier Minuten nach der Spritze hörte ich Tante Grete draußen über den Kiesweg stapfen und nach den Nachbarn schreien. „Er hat meinen Kater ermordet, mein allerliebstes Peterchen!"

Als die Nachbarn sichtlich verlegen mit meiner Tante vor mir im Wohnzimmer standen, waren sieben Minuten seit der Spritze vergangen. Und das Vieh von Kater hatte sich längst wieder von der leichten Betäubung erholt. Ich hatte bei einem Urlaub in Australien ein Gift kennen gelernt, das für Minuten Totenstarre eintreten ließ, dessen Wirkung aber, bei geringer Dosierung, bereits nach wenigen Minuten ohne jegliche Nebenwirkungen wieder abklingt. Der Kater hatte sich bloß einmal geschüttelt und lief inzwischen wieder putzmunter umher. „Was redest du da, Tantchen, es ist doch alles in Ordnung. Sieh' doch, wie gesund dein Kater ist."

Kopfschüttelnd entfernten sich die Nachbarn. Ich brachte sie zur Tür. „Entschuldigen Sie bitte vielmals", erklärte ich, ganz der mitfühlende Neffe, „Tantchen ist seit Tagen verwirrter als sonst! Sie behauptet immer, dass ich ihren Kater umbringen will, ja dass ich sie selbst umbringen will!"

Die Nachbarn zeigten sich verstimmt. „Offen gesagt, junger Mann", meinte Herr Greiner, der Nachbar zur rechten Seite und bohrte mir dabei seinen knochigen Finger in die Schulter, „wenn Ihre Tante verwirrt ist, bedarf sie ärztlicher Hilfe! Sie macht ja einen mehr als seltsamen Eindruck! Behauptet steif und fest, Sie hätten ihren Kater umgebracht und dabei marschiert das Tier quietschvergnügt durch das Haus!"

Ich nickte. „Sie haben ja so recht. Aber so lange es geht, will ich ihr die Entmündigung und die Einweisung in ein Heim ersparen. Deshalb wohne ich ja hier bei meiner Tante. Und Sie können mir glauben, dass das Zusammenleben mit ihr nicht immer nur vergnüglich ist. Ich sorge mich wirklich sehr um sie."

Die Greiners waren wegen eines alten Streits um die Abholzung von Obstbäumen an der Gartengrenze nicht besonders gut auf Tante Grete zu sprechen. Sie würden bei passender

Gelegenheit gewiss vor Gericht aussagen, dass meine Tante geistig verwirrt ist.

„Noch etwas Süßstoff, Tante?", fragte ich sie beim Frühstück am nächsten Morgen und ohne ihre Antwort abzuwarten, ließ ich ein Stück Süßstoff in ihren Kaffee fallen. Sie führte das edle Porzellan zum Munde. Ich nickte freundlich. Als sie die Tasse geleert hatte, verkündete ich: „Tja, liebe Tante Grete, so leid es mir tut, aber du hast nicht mehr lange zu leben!" Sie schenkte mir zunächst nur einen bösen Blick. „Hast du wieder einen gemeinen Scherz vor, so einen wie mit meinem Kater?" Dann verzog sich ihre Miene schlagartig.

„Spürst du schon das Gift, Tantchen? In spätestens zehn Minuten bist du tot! Tja, von der ersten leichten Übelkeit bis zum Exitus dauert es etwa zehn Minuten!"

Sie sprang auf, so schnell es ihr massiger Körper zuließ, warf den Stuhl um und taumelte zur Tür. Ich wollte ihr den Weg versperren, stolperte aber über einen Läufer und kam zu Fall. Alles verlief genau nach dem Plan, den ich mehrfach vor meinem inneren Auge geprobt hatte. Ich ließ sie fliehen. Am Fenster sah ich, wie sie schwankte. Es ist nicht das Gift, das sie sterben lässt, frohlockte ich, sondern das schwache Herz.

Ich sah, wie sie stehen blieb und sich etwas in den Mund steckte. Dann torkelte sie weiter und ich sah, wie meine Tante an der Tür der Nachbarn wie wahnsinnig klopfte und klingelte. Gut so, dachte ich. Sie wird den Nachbarn sagen, dass ich sie vergiftet habe. Und sie wird, wenn mein Plan gelingt, einen Herzschlag bekommen! Die Gerichtsmediziner würden bei der Autopsie nicht die Spur eines Gifts finden. Diese Winzigkeit einer Kräutermischung, die ich ihr verabreicht hatte und die wirklich niemanden umbringen konnte, würde keiner Beachtung schenken. Ihre bei Lebzeiten ausgestoßenen Anschuldigungen würden als Beweise für ihre geistige Verwirrung gelten.

Aufgeregt pochte es an der Tür. Ich ging zur Tür. Es war die Nachbarin, Frau Greiner. „Ihre Tante, Ihre Tante ist bei uns. Sie stirbt!", brachte sie nur hervor. Ich stürzte los.

Tante Grete lag vor dem Nachbarhaus. Herr Greiner hatte ihr ein Kissen unter den Kopf geschoben und eine Decke über den massigen Leib gelegt.

Tante Grete winkte mich heran, ihre Lippen bewegten sich. Um sie verstehen zu können, musste ich mein Ohr dicht an ihren Mund halten. Leise, kaum verständlich, stammelte sie mir einige Worte ins Ohr. Und ich verstand. Ich verstand sofort.

Ich würde ins Gefängnis wandern, für einen Mord, den ich nicht begangen hatte. „Das Pillendöschen ...", stammelte ich. Herr Greiner musterte mich eiskalt. „Liegt in meinem Safe und wartet auf die polizeiliche Untersuchung", vollendete er den Satz.

Jetzt fiel mir alles wieder ein. Auf dem Weg zu den Nachbarn war Tante Grete kurz stehen geblieben. Sie hatte etwas eingenommen. Es war das Gift, das sie schon jahrelange mit sich führte, um ihrem Leben ein Ende zu bereiten, wenn ihre Beschwerden nicht mehr zu ertragen gewesen wären. Von einer dieser merkwürdigen Gesellschaften für selbstbestimmtes Sterben hatte sie die Pillen bekommen. Daran hatte ich nicht gedacht.

„Sie haben Ihre Tante umgebracht! Sie sind ein Mörder! Sie haben die Pillendose Ihrer Tante mit Gift gefüllt, das hat sie mir und meiner Frau gesagt, bevor sie zusammenbrach!"

Das sah meiner Tante ähnlich! Sie hatte Selbstmord begangen. Einzig und allein aus dem Grund, um mir so massiv wie möglich zu schaden. Und mein Schaden sollte immens sein. Neulich erst hatte sie mich gebeten, ihr Pillendöschen zu öffnen, aber nicht etwa, wie sie behauptet hatte, weil sie es nicht selbst hätte aufmachen können, sondern um meine Fingerabdrücke auf das Ding zu bekommen.

Tante Grete öffnete nochmals weit die Augen.

„Er hat mich vergiftet. Vergiftet, ... das Pillendöschen, ... bitte Polizei."

Dann starb sie.

Man fand Gift im Pillendöschen und im Magen meiner Tante und am Pillendöschen meine Fingerabdrücke, während ich bereits in Untersuchungshaft in der Justizvollzugsanstalt Werl auf meinen Prozess wartete. Man wird den Worten meiner Tante glauben, den Zeugenaussagen der Greiners sowieso und mich wegen heimtückischen Mordes lebenslang im Gefängnis behalten. Man wird mich für einen Mord verurteilen, den ich zwar geplant, aber nie ausgeführt hatte. Ich werde vermodern, weil meine Tante Selbstmord verübt und mir die Schuld dafür in die Schuhe geschoben hat.

Simone & Werner

von Harry Schick

Simone hatte sich das Leben anders vorgestellt. Die fünfzehn Jahre Ehe mit Werner waren sehr unterschiedlich gewesen, die ersten sechs Jahre waren voller Liebe und Leidenschaft und wie im Flug vergangen, die nächsten sechs Jahre bestanden aus Gewöhnung und Abnutzung. Die letzten drei Jahre blieben geprägt von Distanz, Werners geschäftlichen Erfolgen als Makler, seiner häufigen Abwesenheit und der ständigen Sorge, er könnte sie eines Tages wegen einer jüngeren, attraktiveren Frau verlassen.

Dabei fand Simone, dass sie sich gut gehalten hatte, aber in Punkto Orangenhaut und beginnender Lidschwäche kaum mit einer zwanzigjährigen konkurrieren konnte. Simone war zweiundvierzig und sich ihrer Chancen und deren Grenzen sehr bewusst.

Seit einem halben Jahr wusste sie, dass Werner eine junge Geliebte hatte, zunächst machte sie gute Miene zum gemeinen Spiel und glaubte, ihr Mann würde sich wieder besinnen und ins gemeinsame Bett und an den gemeinsamen Tisch zurückkehren. Doch da hatte sie die Rechnung scheinbar ohne Werners Faszination über junges Fleisch und ohne seine Libido gemacht. Noch hielt er zwar nach außen den Schein aufrecht, hatte aber bereits von Scheidung und großzügiger Abfindung gesprochen.

Christine Geißler, die neue Frau in seinem Leben, war zunächst zwei Jahre lang eine gemeinsame Bekannte von Simone und Werner gewesen und bei dem Ehepaar ein- und ausgegangen. Peter, ihr Vater, hatte in den Anfangsjahren als Partner mit in Werners Immobilienfirma gearbeitet, war jedoch durch eine offensichtliche Manipulation an den Bremsen seines Wagens ums Leben gekommen. Diesen Fall hatte die Leverkusener Kriminalpolizei nie aufklären können. Christine war vierundzwanzig, unübersehbar hübsch und Künstlerin. Nach dem Tod ihres Vaters hatten Simone und Werner sie für einige Jahre aus den Augen verloren. Wieder getroffen hatten sie die junge, ungebundene Frau bei einer Ausstellung im Forum. Dort waren sie ins Gespräch gekommen und hatten ihre Bilder, die nur so vor Lebensfreude sprühten, bewundert. Weil Christine nicht wirklich von ihrer Kunst leben konnte, griff ihr Werner zunächst finanziell unter die Arme und war ihr, wie er es nannte, auf eine väterliche Art und Weise zugeneigt. Er war es auch, der eine Wohnung mit Atelier für sie suchte, anmietete und sie einfach in die neue Wirkungsstätte setzte. Irgendwann hatte sich Werner in Christine verliebt. Vorbei war es mit der Väterlichkeit. Seit drei Monaten verhielt sich Werner wie ein aufgeblasener Hahn, fand Simone.

Es war Sonntag und Werner hatte Simone mit nach Bremen genommen, um an einem Familientreffen bei seinen Eltern teilzunehmen. Dies hatte er nur getan, um den Schein vor seinem konservativen Vater, einem alten Bremer Kaufmann, zu wahren. Immerhin war es hinter verschlossenen Türen um die Verteilung des väterlichen Erbes gegangen. Für Werner war es wichtig gewesen, dass Simone an dem Treffen teilnahm, denn sein Vater liebte sie wirklich und hätte unabhängig davon nie den Lebenswandel seines Sohnes akzeptiert. „Ein Mann muss wissen, wo er hingehört", pflegte er stets zu sagen.

Simone konnte nicht einfach den Schein waren und während Werner an der Kaffeetafel die versammelte Gesellschaft mit angeblichen, gemeinsamen Urlaubsplänen belog, war es zum Eklat gekommen. Sie fühlte sich so verletzt von seinen Verhaltensweisen, dass sie irgendwann aufgesprungen war und über die gestärkten Tischtücher hinweg gebrüllt hatte: „Du bist ein verdammter Lügner! Dir kommt es nur auf das Geld deines Vaters und aufs Bumsen junger Frauen an!" Und an die Familie gewandt: „Glaubt bloß nicht, dass Werner so moralisch ist, wie er es vorgibt zu sein. Schon seit einem halben Jahr hat er eine Geliebte und lässt mich links liegen!"

Die sofort eingeleitete Rückfahrt nach Leverkusen verlief schweigend. Kurz vor der Raststätte Tecklenburger Land bat Simone Werner, er möge doch endlich einmal anhalten. „Ich möchte einen Kaffee trinken und zur Toilette."

Werner parkte den Mercedes SL vor dem Gasthaus. Simone stieg aus und ging schnellen Schrittes in das Gebäude, Werner folgte ihr in einiger Entfernung. Sie trafen sich erst am Tisch wieder.

„Willst du mich wirklich verlassen?", fragte Simone nüchtern.

Werner sah seine Frau an, als hätte er es mit einem geistig behinderten Menschen zu tun, der nicht begriff, was er sagte. „Du hast überhaupt nichts verstanden. Lass uns den Kaffee austrinken und schnell weiterfahren. Dann sind wir in einer Stunde in Leverkusen."

„Damit du heute noch zu ihr unter die Decke kriechen kannst? Lässt sie dich nach Mitternacht nicht mehr herein? Wie konntest du Christine nur zu deiner Geliebten machen? Wie war das mit deinen väterlichen Gefühlen für sie? Damit kann es ja nie weit her gewesen sein."

„Mach dich nicht lächerlich, Simone. Christine ist ein wunderbarer Mensch. Du kannst das nicht verstehen." Werner hätte beinahe angefangen, von seinem letzten Treffen mit der jungen Frau zu schwärmen.

„Ein wunderbarer Mensch, das ich nicht lache", sagte Simone und hatte unglaubliche Lust, Werner zu verletzen. Doch dieser Wunsch ging nach hinten los. Werner kam ihr zuvor.

„Auf welchem Stern bist du eigentlich, Simone? Wir leben im 21. Jahrhundert. Sieh dich doch mal an. Du siehst aus, als hätte man den Weihnachtsbaum das ganze Jahr über stehen gelassen."

Dann schrieen sie sich derart lautstark an, dass sich sämtliche Gäste und das Verkaufspersonal nach ihnen umdrehten. Alle hörten es, als Simone von seiner Untreue, der jungen Geliebten und von den Millionen sprach, die er an der Steuer vorbei ins Ausland geschafft habe.

Simone stand auf, konnte die Tränen nicht mehr unterdrücken und lief die Treppen hinunter zu den Toilettenräumen. Werner blieb am Tisch sitzen.

Während sie vor dem Spiegel stand und das Make-up richtete, hatte ein etwa dreißig Jahre alter Mann im Vorraum Stellung bezogen.

Als sie herauskam, sprach er sie an. „Ich habe Sie beobachtet. Kann ich Ihnen helfen?"

„Was wissen Sie denn schon?", fragte Simone unfreundlich, ganz ohne Lust auf oberflächliches Geplänkel.

„Zumindest weiß ich, dass Ihr Mann Sie verletzt hat. Leider wurde ich Ohrenzeuge Ihres unerfreulichen Gesprächs", sagte er verständnisvoll und strahlte dabei so viel Mitgefühl und Herzlichkeit aus, dass Simone ein erneutes Aufwallen ihrer Traurigkeit nicht verhindern konnte. Sie weinte wie ein kleines Kind und der Fremde nahm sie in die Arme.

„Bringen Sie mich einfach von hier weg", bat Simone ihren Tröster und während Werner auf ihre Rückkehr wartete, ließ sie sich zu einem fremden Auto führen, stieg ein und wartete voller Ungeduld auf das Starten des Motors.

Als Werner am nächsten Morgen ins Büro seiner Maklerfirma an der Kölner Straße in Opladen gleich gegenüber des Elektronikgeschäfts Winzen kam, war seine Sekretärin, Gisela Penkwitz, bereits da und erwartete ihn wie immer mit Freundlichkeit und frischem Kaffee. „Guten Morgen, Herr Möhlmann. Schön, dass Sie da sind. Der Kaffee ist gerade durch."

„Morgen", antwortete Werner kurz und knapp. Über Nacht hatten sich die Falten seines Gesichts vertieft. Er hatte nicht geduscht, sah derangiert aus und fühlte sich auch so. Simone war die ganze Nacht über nicht nach Hause gekommen, war einfach von der Raststätte verschwunden.

Das Telefon klingelte, noch bevor sich Werner an seinen Schreibtisch gesetzt hatte und es meldete sich eine fremde männliche Stimme, die mit ausländischem Akzent sprach: „Wir haben Ihre Frau in unsere Gewalt gebracht. Es geht ihr nicht gut. Wir erwarten 500.000 Euro Lösegeld. Dafür kriegen Sie Ihre Frau wieder. Und bevor Sie jetzt behaupten, Sie hätten nicht so viel Geld, müssen Sie wissen, dass uns Ihre Frau von dem Schwarzgeld in Luxemburg und in Ihrem Bankschließfach erzählt hat. Sie war sehr auskunftsfreudig."

„Wie bitte?" Werner stockte der Atem. Er musste Zeit gewinnen, um folgen zu können, was gerade geschah.

„Sie haben verstanden. Es bleiben Ihnen drei Stunden, um das Geld zu beschaffen. Dann melden wir uns wieder."

„Hallo?", brüllte Werner ins Telefon, doch der Anrufer hatte schon eingehängt. „Hallo?", musste Werner ein weiteres Mal in den Hörer brüllen, bis er einsah, dass es zwecklos war.

„Ist etwas passiert?", fragte Gisela Penkwitz besorgt. Sie hatte nicht einmal angeklopft und hielt sich vor Schreck krampfhaft an der Türklinke fest. Die merkwürdigen Vorgänge dieses frühen Montagmorgen ließen sie mit ihrem Chef mitleiden, ohne dass sie wirklich wusste, was geschah.

„Nein, es ist nichts passiert", antwortete Werner schroff. „Meine Frau ist nur entführt worden, mehr nicht."

Gisela Penkwitz gefror spontan das Blut in den Adern und hielt Ironie für unangemessen.

„Und was geht Sie das überhaupt an?", schrie Werner, ließ sich in den Schreibtischsessel fallen, stützte das Gesicht in die Hände und befürchtete, einen Nervenzusammenbruch zu bekommen. „Sie gehören nicht zur Familie. Sie sind nicht meine Mutter und ich kann es nicht leiden, wenn Sie sich in Angelegenheiten einmischen, die Sie einfach nichts angehen!" Dann warf er die Tür seines Büros vor ihrer Nase ins Schloss. Sie stand bloß da, verstand die Welt nicht mehr und weinte Tränen der Verzweiflung.

Warum ist er so gemein zu mir?, fragte sie sich. Sie fühlte sich verkannt, hatte sie Werner Möhlmann doch die ganzen Jahre über treu zur Seite gestanden, seinen beruflichen Erfolg begleitet und persönlich dabei immer zurückgesteckt. Sie hatte sich so sehr auf die Arbeit für ihn gestürzt, dass die Zeit für einen eigenen Ehemann und eine Familie nicht mehr gereicht hatte. Ungebeten hatte sie auf viele Dinge verzichtet und jetzt ging ihr Chef so unverschämt mit ihr um. Dabei wusste sie mehr über ihn, als er wahrscheinlich vermutete. Selbst sein vor der Steuer verborgenes Schwarzgeld in Luxemburg war ihr kein Geheimnis für sie. Natürlich hatte er sie darüber nicht informiert, aber sie hatte zufällig Unterlagen auf seinem Schreibtisch liegen sehen und ihre eigenen Schlüsse gezogen.

Und sie wusste noch mehr über ihn: er war es selbst, der den Tod seines früheren Partners Peter Geißler zu verantworten hatte. Vor vielen Jahren, als sie bereits für Werner gearbeitet hatte, kamen einmal merkwürdig erscheinende Männer ins Büro und bestanden darauf, den Chef zu sprechen. Weil sie dachte, Werner Möhlmann sei in Gefahr, hatte sie gelauscht. Alles hatte sie nicht hören können, aber es war von sauberer Arbeit, schnellem Tod und neben einer großen Geldsumme auch von der Unmöglichkeit, Peter Geißlers Unfall mit Werner in Verbindung bringen zu können, gesprochen worden.

Nachdem sie sich beruhigt und ihre Tränen getrocknet hatte, klopfte sie an seine Bürotür. Sie rechnete mit fast allem, nur nicht mit einem freundlichen „Herein!"

Werner saß da mit zerzausten Haaren am Schreibtisch, den Kopf immer noch in die Hände gestützt. Als sie sein Büro betrat, hob er sein Haupt, als sei es zentnerschwer. „Verbinden Sie mich bitte mit Karl Klammer von der Leverkusener Kriminalpolizei, Frau Penkwitz."

Ein Lächeln kehrte auf ihr Gesicht zurück. „Sofort, Herr Möhlmann", antwortete sie erleichtert. Er schien wieder zu sich gekommen zu sein und sie wie vor seinem Ausbruch zu brauchen. Dennoch fragte sich die Sekretärin, ob nicht die Zeit gekommen wäre, ihr Wissen endlich einmal gegen ihren Chef und zu ihrem eigenen Vorteil zu benutzen.

Eine halbe Stunde später betrat Kriminalhauptkommissar Karl Klammer Werners Büro. Seit Jahren kannten sie sich bereits, hatten manches Glas miteinander geleert, auf vielen Karnevalssitzungen zusammen gefeiert und so einige Kugeln gemeinsam über die Kegelbahnen Leverkusens geschoben.

„Jetzt beruhige dich erst einmal, Werner", versuchte Klammer seinen Kumpel zu beschwichtigen, „und dann erzählst du mir in aller Ruhe, was geschehen ist."

Werner ließ sich in seinen Schreibtischsessel fallen und erzählte von Bremen, von der Rückfahrt und vom Halt an der Autobahnraststätte Tecklenburger Land. „Dann ging sie auf die Toilette und verschwand. Ich wartete eine Viertelstunde und ging dann nachsehen, das heißt, ich bat die Toilettenfrau nachzusehen, ob sich Simone noch auf dem WC befand. Aber sie war weg."

Werner raufte sich die Haare und Klammer legte die Stirn in Falten. „Wie weg?", fragte der Kommissar nach einer Weile. „Niemand verschwindet so einfach. Dafür muss es einen Grund geben. Hatte es Streit gegeben?"

„Nein, gar nicht", log Werner, „wir kamen von einem Besuch bei meinen Eltern in Bremen. Alles war wie immer, ganz harmonisch. Glaube mir."

„Schon gut, schon gut. Du brauchst dich nicht so aufzuregen. Aber bitte, du musst mir alles erzählen, was mit Simones Verschwinden in Zusammenhang steht. Nur so kann ich dir wirklich helfen. Alles kann wichtig sein."

Drei Stunden nach dem von Werner ausführlich beschriebenen Anrufs der Entführer war die Fangschaltung montiert und er wartete gemeinsam mit Karl Klammer und einem

Techniker der Kripo auf den versprochenen zweiten Anruf. Vor dem Haus saßen drei Beamte in einem zivilen Dienstfahrzeug; sie waren bereit, schnell zu reagieren, wenn der Einsatzleiter den Befehl dazu gab.

„Sicher werden sie dir den Übergabeort mitteilen", sagte der Kommissar zu Werner, „Sieh zu, dass du sie so lange wie möglich in der Leitung hältst. Dann können wir sie möglicherweise lokalisieren. Bitte die Entführer um ein Lebenszeichen von Simone."

Das Lösegeld, sehr gut gefälschtes Geld aus einem Fall der Russen-Mafia, das bisher in der Asservatenkammer der Leverkusener Kriminalpolizei verstaubt war, stand neben dem Telefon in einem silberglänzenden Metallkoffer in Werners Büro bereit.

12 Uhr. Die drei Stunden waren vorbei. Gleich sollte der Anruf erfolgen. Die Anspannung wuchs. Doch es tat sich nichts. Wenn das Telefon klingelte, meldeten sich Kunden oder Geschäftspartner, nicht aber die Entführer. Als sie sich um 14 Uhr 30 immer noch nicht gemeldet hatten, brachen die Beamten die Aktion ab.

„Wir können jetzt nur abwarten", sagte Klammer. „Wie abwarten?", fragte Werner, der nicht mehr wusste, wo ihm der Sinn stand und zwischen seinen Gefühlen und Gedanken hin und hergerissen war. Langsam keimte in ihm die Hoffnung auf, dass Simone vielleicht schon vom Leben in den Tod befördert worden sein könnte. In der Angst, Klammer könnte seine Gedanken lesen, traute sich Werner nicht, die Konsequenzen aus dieser Möglichkeit zu Ende zu denken. Immerhin, wenn dies der Fall sein sollte, könnte er sich schnell Christine zuwenden und die Beziehung nach Ablauf einer Zeit der offiziellen Trauer öffentlich machen. Keiner würde etwas einwenden, wenn er sich als Witwer trösten lassen würde. „In Ordnung, Werner", konstatierte Karl Klammer. „Wir lassen die Fangschaltung installiert. Wenn sich die Entführer melden, rufst du mich sofort an. Vorerst ziehe ich die Leute ab. In der Zwischenzeit werden wir deine Angaben routinemäßig überprüfen. Das falsche Lösegeld lassen wir hier." Klammer scherzte, Werner möge damit keinen Unsinn treiben, gab dem Techniker ein Zeichen und verabschiedete sich.

Der Kommissar zog ab, ließ Werner alleine und machte sich mit seinen Leuten auf den Weg zurück zur Dienststelle in der Heymannstraße in Manfort. Gemeinsam überlegten sie, wie sich der Fall weiter entwickeln könnte und vergaßen dabei ihre Erfahrung nicht. Immerhin war Simone Möhlmann bereits mehr als 12 Stunden in der Gewalt ihres Entführers. Eine zu lange Zeit für einen guten Ausgang dieses Verbrechens, das wussten sie. Nachdem sie Opladen hinter sich gelassen hatten, der Techniker sich beim Drive-In von McDonalds zwei Hamburger und eine mittlere Pommes geordert und bekommen hatte, bogen sie in Küppersteg beim Neukauf links ab und sprachen darüber, wie schnell der neue Obi-Markt damals aus dem Boden gestampft worden war. Die Bismarckstraße war gewohnt stark befahren und als sie an der BayArena vorbeikamen, war es nicht mehr der Entführungsfall Möhlmann, sondern das Wohl und Wehe der Mannschaft von Bayer 04 Leverkusen, worüber sie sich Gedanken machten.

Klammer erstatte seinem Chef kurz Bericht über die Geschehnisse um die Entführung von Simone Möhlmann und wusste, dass am Nachmittag eine Menge Routinearbeit auf ihn wartete, wollte er Werners Angaben überprüfen. Er traute es seinem Kumpel nicht zu, dass er etwas mit dem Verschwinden seiner Frau zu tun haben könnte, aber die Kleinarbeit musste gemacht werden.

Inzwischen hatte Werner den Anruf des Entführers bekommen. Doch diesmal hatte er nicht im Büro angerufen, sondern ihn über das Handy erreicht. Auf den Bahnhofsvorplatz in Wiesdorf hatte er ihn nach Einbruch der Dunkelheit gegen 20 Uhr bestellt. Dort, so der Entführer, solle er seinen Wagen auf dem Parkplatz neben dem Postgebäude an der Heinrich-von-Stephan-Straße abstellen, das Geld im Wagen lassen und vor dem Bahnhof auf neue Anweisungen warten. Ein Bote würde kommen und ihm eine Nachricht übergeben.

Werner ärgerte sich, konnte aber eine heimliche Freude nicht unterdrücken. Zwar schien Simone heil zurückzukehren, aber von seinem hinterzogenen Geld brauchte niemand etwas erfahren, wenn er sich an die Anweisungen des Entführers hielt. Dafür war es ideal gewesen, dass sich der Entführer jetzt erst gemeldet hatte.

Gisela Penkwitz, die gerne erfahren hätte, wie es stand, verließ gegen 18 Uhr ohne jede Information das Büro. Werner hatte kaum ein freundliches Wort für seine Sekretärin übrig gehabt und sie fragte sich, ob sie ihn überhaupt am nächsten Morgen wiedersehen würde, denn untätig hatte sie den Tag nicht verbracht, ihr Wissen über ihn weitergegeben.

Werner fuhr zeitig los. Dort, wo sich in Wiesdorf der Autoverkehr staut, wenn er sich staut und viele Leute zu einer Veranstaltung ins Forum wollen, musste er eine Weile warten. Zu unsicher waren sich die Autofahrer an dem Verkehrsknotenpunkt am Ende der Stadtautobahn, die diesen Namen, wie Werner fand, gar nicht verdiente. Um 19 Uhr 40 bog er am Beginn der Rathenaustraße in die Heinrich-von-Stephan-Straße ab, sah die ankommenden und abfahrenden Busse und Taxen und setzte nach dem Musikhaus und dem WGL-Gebäude den Blinker. Der Parkplatz an der Post war fast leer. Deshalb wählte er seine Position so, dass er den Platz vor dem Eingang sehen konnte.

Als nichts geschah, verließ er zwei Minuten vor 20 Uhr seinen Wagen, ließ das Geld im Fußraum des Autos liegen und begab sich auf den Vorplatz des Bahnhofs. Er erwartete einen Boten, vermutete aus welchem Grund auch immer einen Mann, nicht aber, dass plötzlich aus einem fahrenden Auto heraus auf ihn geschossen wurde, als zur gleichen Zeit jemand das Fenster der Beifahrerseite des abgestellten Mercedes einschlug, das Geld herausnahm und den Schauplatz ruhigen Schrittes in Richtung Arbeitsamt verließ, um am Etap-Hotel in ein Auto mit laufendem Motor zu steigen.

Werner Möhlmann fiel nach zwei gezielten Schüssen ins Herz blutend zu Boden und war sofort tot.

„Das hat er verdient", sagte Christine Geißler zu dem Typ, der neben ihr saß und den Wagen gesteuert hatte. „Ich weiß nicht, wer sich nach den ganzen Jahren ein Herz gefasst und mir endlich zu verstehen gegeben hat, dass es Werner war, der die Verantwortung für den Tod meines Vaters trug, aber es war eine gute Entscheidung." Der Typ, ein schweigsamer Mensch, der scharf war auf die junge Künstlerin, nickte bloß.

Simone Möhlmann wurde am nächsten Morgen gegen 10 Uhr 30 von ihren Entführern auf dem Autobahnparkplatz zwischen Leverkusen und der Abfahrt Mülheim bewusstlos aus dem Auto geworfen und konnte es lange Zeit überhaupt nicht verstehen, dass die Entführer ihren Mann getötet hatten, denn so lautete das Ermittlungsergebnis, das ihr Karl Klammer mitteilte, als sie im Krankenhaus in Schlebusch behandelt wurde. Noch am Nachmittag hatte Klammer eine Täterschaft seines Kumpels in Betracht gezogen, als er Werners Angaben überprüft hatte. Er hatte vom Eklat in Bremen erfahren und zwei Kollegen konnten Zeugen für die heftige Auseinandersetzung zwischen den Eheleuten an der Raststätte Tecklenburger Land ausfindig machen.

„Danke, Karl, dass du zu mir gekommen bist", sagte Simone geschwächt und zog die Bettdecke frierend bis zum Kinn hoch. Als der Kommissar das Zimmer verlassen hatte, wurde ein Grinsen in ihrem Gesicht sichtbar, das ihre Bettnachbarin nicht verstand.

„Was ist?", fragte sie.

„Er hat es verdient", sagte Simone.

Der Mörder ist immer..

von Renate Krohn

Ramona Kleymann trommelte mit den Fingern auf das Lenkrad. Es herrschte dichter Nebel und sie fuhr ungewöhnlich schnell und unkonzentriert. Sie hasste es, Landstraße zu fahren. Ganz besonders die Straße von Köln-Dünnwald nach Schlebusch. Jedes Mal, wenn sie hier lang fahren musste, erinnerte sie sich daran, dass man vor einigen Jahren eine ermordete Frau in dem kleinen Wald neben der Straße gefunden hatte. Rechts von ihr verliefen die Straßenbahnschienen und der Wald begann unmittelbar dahinter. Auf der linken Seite trennte nur noch der Fahrradweg die Straße vom Wald. Sogar bei Tageslicht erschien ihr diese Strecke immer leicht unwirklich. Dabei waren es nur wenige Kilometer und sie saß schließlich in einem Auto! Um sich von dem Gefühl einer gewissen Befangenheit nicht überwältigen zu lassen, schaltete sie das Autoradio ein. Vielleicht hatte der Radiosender Nebelprobleme, jedenfalls jaulte ihr nicht ganz sauber entgegen:

... der Mörder ist immer der Gärtner
und der schlägt erbarmungslos zu.
Der Mörder ist immer der Gärtner ...

Ramona hörte einen unmenschlichen Schrei und wusste nicht, dass sie es war, die diesen Schrei ausstieß. Sie hörte auch nicht mehr das entsetzliche Krachen. Sie spürte ganz plötzlich nichts mehr. Dunkelheit hatte ihr Empfinden ausgelöscht.

„Fahr doch mal langsam, Jörg", sagte Hansgerd Joserer zu seinem Kollegen. Die beiden Polizisten von der Wache in der Heymannstraße waren vom Streifendienst auf dem Weg

nach Hause. „Da vorne stimmt etwas nicht!"
Jörg Hintermeier, wegen seines bayerischen
Namens im Rheinland oft gehänselt, hatte
ebenfalls gesehen, dass da anscheinend ein
Fahrzeug verunglückt war. Er ließ den Wagen
langsam auslaufen und hielt genau auf der
gegenüberliegenden Straßenseite an.

„Au Backe", sagte Joserer, während er auf
das verunglückte Auto zuging, „da hat aber
einer seine Kiste mit Karacho an den Baum
gesetzt!"

Jörg hatte inzwischen ebenfalls den Wagen
verlassen und steuerte auf das Unglücksfahr-
zeug zu. „Verdammt", rutschte ihm heraus,
„ruf schnell einen Notarzt; hier steckt noch
jemand drin!"

Erschrocken blickte Joserer in das Auto. „Eine Frau. Ob die noch lebt? Ich habe meine
Zweifel. Wer weiß, wie lange die schon hier
festklemmt und so, wie der Wagen aussieht,
kriegen wir die ohne Hilfe der Feuerwehr gar
nicht raus. Unverständlich ist allerdings, dass
keiner der Straßenbahnfahrer der Linie 4 diesen Unfall bemerkt und ihn gemeldet hat."

Jörg nickte mit einem Kloß im Hals. Er konnte schlecht Blut sehen und im Auto war jede
Menge davon. Nur das Gesicht der Fahrerin,
er weigerte sich innerlich, von der Frau wie
von einer Toten zu denken, war offensichtlich
unversehrt. Nur mit großer Überwindung
schaffte er es, die Fahrertür zu öffnen. Der
Oberkörper der Frau sank ihm entgegen.
Frank fing sie auf. Kalt. Er versuchte, nicht
so genau hinzusehen und lehnte den Körper
nach vorne auf das Lenkrad. Dann schlug er
sich in Windeseile seitwärts in die Büsche.
Joserer hörte, wie er sich erbrach.

Mitleidig hielt er seinem jüngeren Kollegen
eine Packung Papiertücher hin: „Das ist nix,
wie?", meinte er.

Jörg schüttelte den Kopf. „Ich kann es immer noch nicht sehen. So schnell, wie sich mein Magen umdreht kann ich gar nicht weglaufen", meinte er mit einem leicht schiefen Grinsen. „Hast Du inzwischen den Notarzt...?" Das letzte Wort schluckte er runter. In der Ferne war bereits das quäkende Tatütata des Martinshorns zu hören. Wenige Minuten später hielt der Rettungsdienst und ein weiterer Polizeiwagen neben ihnen an.

Mit einem „Guten Abend", stieg Polizeimeister Drewer aus, „was beschert ihr uns denn zum Schichtanfang?"

„Den gleichen Mist, den wir uns unfreiwillig für die Heimfahrt beschert haben", knurrte Joserer zurück. „Jetzt müssen wir erst einmal zusehen, dass wir die Frau da heraus bekommen. Eine weitere Person scheint nicht im Wagen zu sein. Der Kofferraumdeckel klemmt allerdings. Den haben wir bislang nicht öffnen können. Ob da also noch etwas ist? Und die Frau ist meiner Meinung nach tot. Sie fiel Jörg entgegen als er die Fahrertür aufmachte. Er sagte, sie sei eiskalt."

Drewer seufzte und drehte sich zu dem Notarzt um, der sich zu der eingeklemmten Frau begeben und kurz danach einen undefinierbaren Laut ausgestoßen hatte.

„Was ist?", fragte Drewer unwirsch. „Dass Sie die allein nicht rauskriegen ist uns klar. Da muss die Feuerwehr ran. Die müssten jeden Moment da sein."

Der Notarzt stand immer noch am gleichen Fleck und starrte in den Wagen. Drewer kam näher und stieß ihn an: „He, Mann, ich rede mit Ihnen!"

Mit zitternder Hand wies der Arzt in das Wageninnere. „Sehen Sie das Blut?"

„Ja, natürlich. Eine Riesenschweinerei."

„Das kann nicht sein. Die Frau hat das Blut

nicht verloren."

„Wieso nicht. Vielleicht ist sie an einer Stelle verletzt, die wir nicht sehen."

Der Arzt schluckte und schüttelte den Kopf.

„Nein, keinesfalls. Diese Frau ist auch nicht tot."

„Von wegen", mischte Jörg Hintermeier sich ein, „toter geht's gar nicht!"

„Doch, das ist nämlich kein Mensch, sondern eine Wachsfigur!!!"

Als in diesem Moment die Feuerwehr am Unfallort hielt, standen sämtliche Beteiligten stumm und wie versteinert um das Fahrzeug herum.

Rolf Remisch, Reporter bei der Neuen Weekend Post, traute seinen Ohren nicht. Nachdem er von seinem Kontaktmann bei der Polizei benachrichtigt worden und am Ort des Geschehens eingetroffen war, wiederholte er noch einmal, was man ihm gerade erzählt hatte.

„Sie wollen also allen Ernstes behaupten, dass Sie, nachdem Sie den Unfall entdeckten, Arzt und Feuerwehr benachrichtigt hatten, der Notarzt dann seinerseits feststellte, dass die Fahrerin des Unfallwagens eine lebensgroße Wachsfigur gewesen sei! Habe ich das richtig verstanden?"

Während Drewer zustimmend nickte, tippte Rolf Remisch sich bezeichnend an die Stirn.

„Entschuldigen Sie bitte, aber vergackeiern kann ich mich allein!" Wütend fügte er noch hinzu: „Und dafür musste ich auch noch von Burscheid hier herausfahren. Dabei lief im Fernsehen gerade Tennis. Schüttler gegen André Agassi."

„Das hätte ich auch lieber gesehen", knurrte Drewer. „Statt dessen stehen wir hier herum. Zwei Polizisten, die eigentlich schon Feierabend hätten, mein Kollege und ich, die Besatzung des Notarztwagens und Sie jetzt auch noch. Damit es nicht so langweilig wird, warten wir jetzt auf die Spurensicherung, die Kripo und den Polizeiarzt. Zur Besatzung des Rettungswagens gewandt meinte er: „Sie können eigentlich fahren, für Sie ist dieses makabre Kuriosum erledigt."

„Danke und gute Nacht", hörte man es von verschiedenen Seiten.

Die beiden, Notarzt und Rettungsassistent, verließen aufatmend den Ort des Geschehens.

Das gesamte Kripoteam traf kurze Zeit später ein. Der Kripobeamte, Bernd Hellweg, hörte die Story genauso fassungslos und meinte dann: „Abgesehen davon, dass Fritzchen Heymann", (wie der Leiter der Dienststelle an der Heymannstraße respektlos hinter vorgehaltener Hand genannt wurde), „uns kein Wort glauben wird, lässt das natürlich verschiedene Schlüsse zu. Vertuschter Mord, wo ist dann die echte Leiche? Makabrer Scherz, könnte das Blut im Auto eventuell nicht von einem Menschen stammen? Hinweis auf einen unaufgeklärten Mord, vielleicht, dass hier jemand ermordet wurde, den wir möglicherweise ganz woanders gefunden haben oder noch finden werden."

Hellweg setzte gerade zu weiteren Ausführungen an, als er abrupt unterbrochen wurde.

Drewer hatte im Auto eine Tasche gefunden, die unter den Fahrersitz gerutscht war.

„Sehen Sie sich das an", hielt er Hellweg eine Brieftasche unter die Nase. „Unsere Wachsfigur hat sogar Ausweispapiere."

Bernd Hellweg zog den Personalausweis aus der Hülle und ihm rutschte raus: „Kinder, das gibt's doch gar nicht. Hier will uns jemand schwer verscheißern. Der Ausweis lautet auf Ramona Kleymann aus Leichlingen. Wohnt

Rote Mütze 11. Und der dickste Hund ist das hier: guckt euch mal das Bild im Ausweis und die Wachsfrau an. Wenn ich nicht ganz blöd bin, ist sie das doch, oder?"

Hintermeier und Joserer, die auch gerade im Begriff waren, abzufahren, hatten die Seitenfenster herunter gekurbelt und bekamen die Worte mit.

„Wie bitte?" Hintermeier stieg wieder aus. „Darf ich mal sehen?"

Hellweg reichte ihm den Ausweis und Hintermeier starrte ihn ungläubig an. „Dass mir das nicht sofort aufgefallen ist", sagte er. „Die Frau kenne ich vom Sehen. Ich wohne in Leichlingen und die Rote Mütze ist sozusagen bei mir um die Ecke. Der Name sagt mir nichts, aber die Frau arbeitet bei unserem Bäcker als Verkäuferin. Was machen wir denn jetzt?"

„Gute Frage", erwiderte Hellweg. „Ich habe, ehrlich gesagt, ein verdammt ungutes Gefühl bei dem Gedanken, zu den Leuten zu fahren und den Mann zu fragen, ob er weiß, wo seine Frau ist und, dass sie als Wachsfigur noch einmal existiert. Ich werde den Gedanken daran einfach nicht los." Hellweg unterbrach sich mitten im Satz und blickte in die Runde. „Es hilft nichts, genau das müssen wir tun. Ich werde jetzt zu Kleymann fahren."

„Und was werden Sie ihn fragen?" Hintermeier sah Hellweg zweifelnd an. „Es ist so verworren, dass man dem Mann doch wirklich nicht zumuten kann, seine Frau als Wachsfigurleiche in einem völlig zerschmetterten Auto an der B 51 von Dünnwald nach Schlebusch zu identifizieren. Oder wie wollen Sie das sonst formulieren?"

Bernd Hellweg kaute an seinen Fingernägeln. Das war bei ihm immer ein Zeichen äußerster Unsicherheit. „Ich weiß auch noch nicht, was ich ihm sagen soll. Ich weiß nur, dass wir ihm irgend etwas sagen müssen. Am besten suchen wir, wenn es anfängt hell zu werden, die Umgebung ab. Vielleicht findet sich ja noch etwas, was wir brauchen können. Trotzdem muss ich nach Leichlingen."

Unwirsch drehte er sich um, als er vom Polizeiarzt angesprochen wurde: „Hier ist leider nichts festzustellen. Das Blut müssen wir im Labor untersuchen lassen. Ich kann vor Ort nicht feststellen, ob es Tier- oder Menschenblut ist."

Hellweg nickte nur. „Sonst ist, ganz nach Augenschein, nichts Auffälliges zu sehen?"

Der Polizeiarzt schüttelte den Kopf. „Nein, wir haben von allem, was möglich war, Fotos gemacht bzw. Proben genommen. Auch von den Haaren, die wir im Fahrzeug gefunden haben. Das ist das einzige, was auffallend ist: die Haare, die wir im Auto eingesammelt haben, stimmen nicht mit denen an der Wachspuppe überein."

„Hilft uns momentan auch nicht weiter."

Bernd Hellweg hatte inzwischen alles Nötige zum Abtransport veranlasst und bestätigte per Funk der Dienststelle noch einmal, dass er mit seiner Crew am frühen Morgen zurück kommen wollte. Fröstelnd zog er die Schultern zusammen. Eigentlich war bereits früher Morgen. Ein Blick auf die Uhr zeigte ihm, dass es auf fünf zuging. Er verbot sich nachzurechnen, wie viele Überstunden Hintermeier und Joserer jetzt schon wieder dazugebucht bekamen. Da hieß es immer, die Polizei müsse sparen und dann passierten die tollsten Dinge grundsätzlich dann, wenn seine Beamten eigentlich schon außer Dienst waren.

Widerstrebend ging er zu seinem Fahrzeug. Hintermeier kannte seinen Chef. „Soll ich mitkommen?", fragte er.

„Sie sollten eigentlich schon seit etlichen Stunden schlafen", murmelte Hellweg.

„Kommen Sie mit. Ich hasse es, solche Gänge allein zu machen."

„Ich weiß!"

Bernd Hellweg sah seinen jüngeren Kollegen von der Seite an. „Danke", sagte er leise, ließ die Autotür ins Schloss fallen und startete den Wagen.

Marco Kleymann, der mit nur wenigen Stunden Schlaf in der Nacht auskam, saß schon wieder seit dem Morgengrauen in seiner Werkstatt. Er legte gerade Hand an die letzten Modellierarbeiten seiner neuen Schaufensterpuppe, als er das Klingeln des Weckers und gleichzeitig einen Schrei hörte.

Marco rannte die Treppe hoch und schaltete im Schlafzimmer mit einem Handgriff den Wecker aus. Mit der anderen Hand schüttelte er seine Frau. „Ramona, um Himmels Willen, wach auf! Warum schreist du denn so?"

Der Schrei brach abrupt ab und aus dem Radiowecker klangen die letzten Takte von Reinhard Mey.

„Der Mörder ist immer der Gärtner und der schlägt erbarmungslos zu."

Ramona Kleymann wischte sich mit einer fahrigen Bewegung über die Stirn. „Ich habe wohl geträumt..."

„Offensichtlich äußerst real. Du bist weiß wie eine Wachsfigur."

Ein fast perfekter Plan

von Harry Schick

Nur noch wenige Minuten, dann war er bereit zuzuschlagen. Peter hatte feuchte Hände, als er das scharfe Butterflymesser aus der Jackentasche zog und die Spitze blank im Licht einer Laterne in der Opladener Fußgängerzone schimmerte.

Die Tür zum Hintereingang des kleinen Geschäfts öffnete sich quietschend. Peter stand in einer Wandnische und beobachtete die Straße. Es war ein kühler Oktoberabend und milchig-weißer Nebel lag in der Luft. Peter fröstelte und zog den Jackenkragen hoch.

Etwa zwanzig Meter von ihm entfernt kamen drei Jugendliche aus dem Musikkeller unter der Aloysius-Kapelle, grölten und traten lautstark gegen herumliegende Bierflaschen.

Eine dunkle, schmächtige Gestalt kam aus dem Gebäude, das Peter die ganze Zeit über im Blick behalten hatte. Sie verschloss die eiserne Gittertür und kam, zwei Plastiktüten schleppend, langsam die Straße entlang in Peters Richtung.

„Jetzt oder nie" murmelte er, holte tief Luft und zog sich hastig eine Strickmütze über den Kopf. Er wartete, bis die Person an ihm vorbeikam, und stürzte blitzschnell hervor.

Den Mann packte die nackte Angst, als er das Messer an seinem Hals spürte. Er begann zu zittern.

„Los, Alter. Du weißt, was ich will!", drängte Peter den Mann und deutete mit dem Messer auf die Plastiktüten. Die Einnahmen des Tages lagen darin in Geldbomben, bereit für den Einwurf bei der Sparkasse.

Der Überfallene verharrte einen Augenblick, bevor er sich vernünftigerweise entschied, lieber nichts zu riskieren und dem Wunsch seines Angreifers nachzukommen. Er schluchzte auf und übergab ihm die zwei Beutel.

„Gut so", sagte Peter. „Und mach nur keinen Unsinn. Verstanden?"

Der Mann nickte. „Ja. Bitte, nur tun Sie mir nichts. Ich habe ..."

„Halts Maul." Dann nahm er den Knauf des Messers und schlug zu.

Bewusstlos sank der Mann zu Boden.

Peter zog sich die Mütze vom Kopf und flüchtete mit der Beute in Richtung Marktplatz. Als er in die Nähe des Wurst-Maxen kam, verringerte er seine Geschwindigkeit und stieg in sein Auto. Alles lief wie geschmiert.

Tagelang hatte Peter an einem Plan getüftelt, wie er schnell zu Geld kommen würde. Er hatte den Job als Verkäufer in einem Feinkostladen in der Fußgängerzone angenommen, doch er verdiente zu wenig. Da kam ihm die Idee. Anfangs war sie ihm ziemlich verrückt vorgekommen, doch je mehr er darüber nachgedacht hatte, desto mehr war er zu dem Schluss gekommen, dass es doch unglaublich einfach war, an Geld heranzukommen. Er plante die Sache bis in jede Einzelheit. Seiner Meinung nach so gut, dass niemand Verdacht schöpfen konnte. Eigentlich tat es ihm leid, jemanden so niederzuschlagen. Er war kein gewalttätiger Mensch. Doch der Alte, dem der Laden gehörte, war in seinen Augen ein Sklaventreiber. Oft ließ er ihn Überstunden machen und fast jeden Samstag antreten. Dafür erntete er nie ein Lob. Bei dieser Gelegenheit konnte er es seinem Arbeitgeber heimzahlen.

Für ein Alibi hatte er gesorgt. Später würde er, wenn überhaupt nötig, aussagen, dass er seine Großmutter besuchen wollte, die sehr naiv war und in ihrer Leichtgläubigkeit stets alles tat, was er von ihr verlangte. Sie war alt und kein Unsicherheitsfaktor. Er war der einzige Verwandte, der einzige Mensch, der sich überhaupt noch um sie kümmerte.

Den Überfall verübte er um 20 Uhr 30, nach Ladenschluss. Sein Zug sollte um 19 Uhr 48 mit Umstieg in Ohligs von Opladen abfahren. Wie geplant, stieg er in den Zug von Köln Richtung Wuppertal. In den Zugabteilen war viel los. Niemand kümmerte sich um den anderen, jeder versuchte nur, einen guten Platz zu ergattern. Schnell suchte Peter den Schaffner, seinen wichtigsten Zeugen, und löste eine Fahrkarte nach. Damit er dem Mann in Erinnerung blieb, versuchte er, ihn in ein längeres Gespräch zu verwickeln, was jedoch misslang. In jedem Fall war die Begegnung mit dem Schaffner der wichtigste Beweis für einen möglichen Verdacht. In Leichlingen stieg er wieder aus, fuhr mit einem Taxi zum Opladener Bahnhof und ging die kurze Strecke zum Feinkostladen zu Fuß. Es war wenige Minuten nach 20 Uhr.

Als Peter am Montag zur Arbeit erschien, tat er verwundert, als er die Polizei im Laden stehen sah. In der kleinen Gruppe bemerkte er seinen Chef, der gerade mit zwei Polizisten sprach. Peter ging hin und fragte, was los wäre. Der Beamte rechts von seinem Chef fragte ihn, wer er sei und ob er ihm einige Fragen stellen könne.

„Aber sicher doch", antwortete Peter und setzte eine Unschuldsmiene auf. „Fragen Sie ruhig, schließlich ist es doch Ihre Arbeit."

Der Polizist, ein älterer Herr von kräftiger Statur, räusperte sich. „Wo waren Sie vergangenen Freitag gegen 20 Uhr 30?"

„Freitag bin ich mit dem Zug nach Düsseldorf gefahren."

„Und was haben Sie dort gemacht?"

„Ich war einkaufen."

Der Polizist sah ihn misstrauisch an.

„Wissen Sie, ich bin gerade in eine neue Wohnung gezogen, da brauche ich noch einige Sachen. Hier in Opladen hat man inzwischen ja keine große Auswahl mehr. Bei dem ganzen Ladensterben ist mir Düsseldorf lieber. Und außerdem habe ich meine Großmutter besucht."

Der Polizist machte sich ausführliche Notizen, doch die Antworten schienen ihn nicht zu befriedigen. „Und welchen Zug nahmen Sie, wenn ich fragen darf?"

„Ach, warten Sie, ich habe noch die Zugfahrkarte." Wie geplant holte Peter den Schein aus der Hosentasche und gab sie dem Beamten.

„Hier, bitte!"

Der Polizist bedankte sich mit einem Nicken und überprüfte den Schein sorgfältig. Dann sah er zu Peter hoch. „Ein Alibi haben Sie ja, wie ich sehe. Doch, wo bitte sind Sie ausgestiegen?"

„Am Düsseldorfer Hauptbahnhof."

Der Polizist starrte ihn ungläubig an und wandte sich mit stillem Blick an den Ladenbesitzer, der Peter mit glasigen Augen anstarrte. Dann wandte er sich wieder an Peter, der sich fragte, wieso sie ihn so schief anguckten.

„Ist etwas nicht in Ordnung?", fragte er unschuldig.

„Gab es während der Zugfahrt einen Zwischenfall?", wollte der Polizist wissen und sah direkt in Peters erstauntes Gesicht. „Nein", antwortete der, „es war alles wie immer. Der Zug fuhr sehr pünktlich in Ohligs ein. Die Übergänge sind knapp bemessen, aber ich hatte kein Problem damit, den Anschluss zu kriegen. Man darf natürlich nicht trödeln."

Der Beamte steckte die Zugfahrkarte in die Manteltasche und holte Handschellen hervor, die er Peter anlegte, während er ihn über seine Rechte aufklärte.

Noch immer irritiert schaute Peter den Polizisten fragend an. „Was machen Sie? Ich habe doch ein Alibi!"

„Gut durchdacht, mein Junge. Aber Du liest wohl keine Zeitung, was?"

„Wieso denn?" Peter verlor seine Selbstsicherheit. Er konnte sich nicht mehr beherrschen. Mit großen Augen blickte er die Männer an, die ihm auf einmal groß, kräftig und unschlagbar vorkamen.

„Der Zug musste kurz nach Leichlingen auf offener Strecke stehen bleiben. Bäume waren auf die Gleise gestürzt und die Fahrgäste wurden mit Sonderbussen und mit sehr viel Verspätung nach Ohligs gebracht."

Der Polizist drehte sich um und übergab den Festgenommenen an zwei jüngere Kollegen.

„Nehmt ihn mit. Der Fall ist geklärt."

Der Lehrer & das Mädchen

von Harry Schick

Verdammt, irgendwo musste diese verflixte Akte doch zu finden sein. Inzwischen hatte sein Schweiß angefangen übel zu riechen und lief ihm in dicken Tropfen über das Gesicht. Alles würde gut werden, hatte er sich geschworen. Doch dafür musste er diese Akte finden, die von der Polizei angelegt und nach Abschluss der Ermittlungen an das Amtsgericht Leverkusen weitergeleitet worden war. Ihm war klar, dass er sein bisheriges Leben und Handeln ändern musste, aber dafür war er schließlich hier.

Das Büro lag im Dunklen, als er seine Suche fortsetzte. Nachmittags hatte er seinen Wagen, an dem sicher längst ein Knöllchen hing, hinter dem HL-Markt geparkt, sich zum Eingang des Amtsgerichts an der Gerichtsstraße begeben und war nach der Personenkontrolle durch diesen netten, dicken Justizwachtmeister in das Gebäude gelassen worden.

„Ich habe einen Termin mit Herrn Reihmann, dem Gerichtsvollzieher", hatte er gelogen, als er nach dem Grund für sein Erscheinen im Eingangsbereich gefragt wurde. Der Justizwachtmeister hatte sich seinen Personalausweis angesehen und einen Blick in seinen Rucksack geworfen. Weil nichts besonderes zu entdecken gewesen war, konnte er passieren.

Er ließ die Sitzungsräume links und rechts im Erdgeschoss liegen, stapfte die Treppen hinauf, fand sich aber nicht zurecht beim Übergang vom Neubau in den Altbau und fragte eine junge Frau, die eine Robe über dem Arm trug, nach dem Weg zur Geschäftsstelle des Amtsgerichts. Sie schickte ihn in die richtige Richtung. Auf seinem Weg begegneten ihm einige Leute, die scheinbar ihrem Feierabend und dem Ausgang zustrebten.

Er hatte sich morgens in der Schule krankgemeldet. Zwar stand er seit der Eröffnung des Ermittlungsverfahrens auf der Abschussliste, aber man hatte ihn tatsächlich unterrichten lassen. Lassen müssen.

„Für uns sind Sie unschuldig, bis Sie entlastet oder rechtskräftig verurteilt sind", hatte ihm die Schulleitung mündlich mitgeteilt und sich dabei selbst auf die Zunge gebissen. Natürlich war er noch an dem Tag, an dem die Polizei in der Schule aufgetaucht war und begonnen hatte, Fragen über ihn zu stellen, vom Dienst suspendiert worden. Sie hatten es ihm sogar schriftlich gegeben. *Sofortige Suspendierung und Hausverbot bis zur Klärung der Angelegenheit* hatte dort gestanden. Doch statt nach Hause zu fahren, war er damit gleich zu seiner Gewerkschaft gelaufen. Die stellten beim näheren Hinsehen einen Formfehler fest, ließen das Schreiben ein weiteres Mal von ihrem Hausjuristen prüfen, telefonierten mit dem Schulleiter und kehrten mit der Mitteilung ins Besprechungszimmer zurück, dass er am nächsten Tag selbstverständlich wieder zum Unterricht in die Schule dürfe.

Natürlich hatte er das auch getan. Als er das Lehrerzimmer im Erdgeschoss der Schule betrat, erstarb jede Unterhaltung unter den Kollegen. Trotzdem bis zum Beginn der 1. Stunde noch genug Zeit für einen Kaffee gewesen wäre, verließen alle den Raum. Keiner mochte mehr in seiner Nähe sein. Das war sechs Wochen lang so gegangen. Keine Kollegin und kein Kollege wechselte in dieser Zeit mehr Worte mit ihm als unbedingt erforderlich. Alle ekelten sich vor ihm, auch die Schüler, aber die konnten sich seiner Nähe nicht entziehen. Gerade das hatte er sehr genossen. Trotz allem, trotz dieses schrecklichen Vorwurfs, mussten sie an seinem Unterricht teilnehmen. Einige meinten natürlich, sie wären besonders schlau und wollten sich dem Unterricht entziehen. Manche taten es wortlos, andere mit großem Getöse. Ein Schüler, ein Klassensprecher, hatte es tatsächlich gewagt, vor der ganzen Klasse aufzustehen. Als er den Jungen fragte, was er wolle, hatte der geantwortet: „Mit Verlaub, Herr Schreyer, aber Sie sind ein Schwein." Doch als Lehrer, dessen war er sich nur zu bewusst, verfügte er über die Mittel der Macht und er genoss es. Jeden, der es wagte, ihm entgegenzutreten, ließ er es spüren.

Die Schüler mussten es sich gefallen lassen und selbst ein eilig einberufener Elternabend, das vehemente Eintreten der Elternpflegschaftsvertreter und die Berichte in der örtlichen Presse konnten ihn nicht aufhalten.

Zu stolz war Hartmut Schreyer, litt dabei an erheblicher Selbstüberschätzung und war sich keiner Schuld bewusst.

Dabei hatte er dieses Mädchen geliebt. Melanie war es gewesen, die den ersten Schritt gemacht und ihm auf dem Parkplatz vor der Schule aufgelauert hatte. Sämtliche Initiative war von Anfang an von ihr ausgegangen. Über Wochen hinweg hatte sie seine Nähe gesucht und über Wochen hinweg hatte er der Versuchung widerstanden, sie zu sich nach Hause zu bitten, damit sie sich dort endlich näher kommen konnten.

Es war schließlich ihre Vehemenz gewesen, die seinen Willen gebrochen hatte. Allerdings auch ihr hübsches Gesicht, der ansehnliche Po und die schönen Brüste, die sie, wie er fand, geschickt zu Markte trug. Vor allem aber war es ihr Geruch gewesen, dieser betörende Duft von Unschuld und Aufbruch, der Verlangen und Bereitschaft zu signalisieren schien. Jedenfalls für ihn. Das würde er vor Gericht natürlich nicht sagen. Niemand würde verstehen, was der Duft dieses Mädchens bei ihm ausgelöst hatte. Keiner würde verstehen, dass die Liebe zu ihr nichts schmutziges, dreckiges und verachtungswürdiges hatte. Niemand würde ihm glauben, dass die Liebe zu diesem Mädchen etwas großes, unbeflecktes und unzertrennliches war. Wenn es überhaupt zu einem Prozess kommen würde, hatte er immer wieder betont, als er von seinem Anwalt beraten und über die Konsequenzen seines Verhaltens aufgeklärt wurde, würde er aussagen, wie es wirklich gewesen war: Melanie war die treibende Kraft gewesen.

Letzten Herbst hatte es begonnen, hatte sie begonnen, nach dem Unterricht länger im Klassenzimmer zu bleiben, ihn immer wieder in neuerliche Gespräche zu verstricken und ihn, wenn sie sich scheinbar zufällig im Treppenhaus oder auf dem Schulhof begegneten, wie zufällig zu berühren. Damit nicht genug. Sie hatte ihm vor entflammter Liebe brennende Briefe und E-Mails geschrieben, ihn damit regelrecht bombardiert und ihn wissen lassen, wie sehr sie sich trotz ihres jungen Alters von 17 Jahren nach ihm verzehrte.

Zu diesem Zeitpunkt war ihm noch bewusst, dass er sich als Lehrer der Minderjährigen auf dünnes Eis begab, es nicht geschehen lassen durfte, dass sie sich näher kamen und welche weitreichenden Konsequenzen es für ihn haben würde. Später hatte er sich nur noch vom Brennen seiner Lenden leiten lassen.

Hier in diesem Büro, der Geschäftstelle, dem Umschlagplatz für sämtliche Akten, die dem Gericht zugeleitet wurden und das Gebäude wieder verlassen, musste die Akte zu finden sein, auf der neben seinem Namen die schlimmen Worte standen: sexuelle Nötigung zum Nachteil Melanie Welker.

Von wegen sexuelle Nötigung. Im Februar hatte sie vor seiner Haustür in der Heinrich-Brüning-Straße in Bürrig gestanden, quasi um Einlass gejammert, weil sie ihn, wie sie immer lauter werdend von sich gab, doch so sehr liebte. Weil Hartmut Schreyer wusste, wie aufmerksam seine Nachbarn waren, hatte er ihr schließlich die Tür geöffnet und mit einem einzigen Schritt war sie in sein Leben getreten. Was danach geschah war absehbar. Sie schliefen noch an diesem Nachmittag miteinander. Es war nicht so, wie alle dachten, dass er sie verführt hatte und allein die Verantwortung dafür trug, was in der Folge geschah.

Zwei Wochen später, aus ihnen war ein regelrechtes Paar geworden, lag Melanie in seinen Armen, während er Goethe laut vorlas, als ihm erstmals ein bedrohlicher Gedanke kam.

„Was sagen eigentlich deine Eltern dazu, dass du jeden Nachmittag weg bist?", unterbrach er sich.

„Denen ist es egal. Hauptsache, ich bin abends pünktlich zu Hause und lasse die Schule nicht schleifen", antwortete Melanie, „die gehen davon aus, dass ich einen Freund habe."

Hartmut Schreyer war das Blut in den Adern gefroren.

„Aber", hatte er gezittert, „sie wissen doch nicht, dass dein Freund zugleich dein Lehrer ist, oder?"

Melanie hatte gelacht. „Nein, natürlich nicht, ich sagte doch, es ist ihnen egal."

Tatsächliche Beruhigung fand er nicht in Melanies Aussage und es entsprach auch nicht der Wirklichkeit, denn er hatte die Rechnung ohne Melanies Vater gemacht. Rolf Welker hatte seine Tochter bereits mehrfach gedrängt, dass sie ihren neuen Freund, mit dem sie so viel Zeit verbrachte, endlich einmal vorstellte.

„Ich möchte einfach gerne wissen, wer er ist", hatte er gesagt und mochte sich in seiner Neugierde nicht einfach mit „Ach, Papa!" abspeisen lassen.

Deshalb war er seiner Tochter, die immer mit dem Fahrrad fuhr, gefolgt und vor die Tür des Lehrers geraten. Doch statt sich sofort und gewaltsam Zutritt zu verschaffen, fuhr er zunächst wie benebelt nach Hause, um sich zu besinnen und die Angelegenheit mit seiner Frau zu besprechen.

Gemeinsam überlegten sie, Melanies Rückkehr abzuwarten, zuvor jedoch die Polizei zu informieren, um so schnell wie möglich die nächsten Schritte einzuleiten.

Die Polizei kam schneller als Melanie. Mit der Beamtin, die zuständig war für sexuelle Delikte an Minderjährigen, saß das Ehepaar beim Kaffee zusammen, als ihre Tochter das Haus betrat.

Melanie war sofort zusammen gebrochen. Sie fiel aus allen Wolken, dass das, was Hartmut mit ihr gemacht hatte, doch nichts großes und berauschendes gewesen sein sollte, sondern strafbar war für einen erwachsenen Mann. Für sie galt es, das Gesicht zu wahren vor ihren Eltern, der Schule, den Mitschülern, ihren Freundinnen. Sie nahm ihren aktiven Teil aus der Geschichte heraus und schilderte die Beziehung zu ihrem Lehrer Hartmut Schreyer getreu nach ihrer eigenen Wahrheit.

„Melanie", hatte die Polizistin gesagt, „hat dir Herr Schreyer Vergünstigungen in Aussicht gestellt, wenn du tun würdest, was er wollte?"

„Ja. Er hat zu mir gesagt, dass mir bis zum

Abitur nichts mehr passieren könnte. Danach wollte er mit mir zusammen in eine andere Stadt ziehen."

Hier war endlich die Akte, für die er sich ins Amtsgericht hatte einschließen lassen. Er riss die Arme hoch, als er sie endlich vor sich liegen sah. Jetzt konnte ihm nichts mehr geschehen. Jetzt konnte alles gut werden. Er musste nur noch aus dem Gebäude verschwinden, die Akte vernichten und so die ganze Angelegenheit hinter sich lassen. In der Dunkelheit des Büros, in dem sich die Akten rechts und links bis zur Decke stapelten, hatte er eine einzige Akte gefunden. Die Akte, die falsches Zeugnis darüber ablegte, was zwischen ihm und Melanie passiert war. Jetzt wollte er nur noch schnell verschwinden, das schaurig-dunkle Amtsgerichtsgebäude hinter sich lassen und in eine bessere Zukunft aufbrechen. Doch dafür brauchte er einen Ausgang. Nach vorne zur Gerichtsstraße konnte er nicht flüchten, da war er sich sicher. Bestimmt war der Haupteingang durch Alarm gesichert. Ohne Zweifel würde sich eine andere Tür oder, wenn es sein musste, ein Fenster finden lassen, durch das er Zutritt zu seiner neuen Freiheit finden konnte.

Nachdem sein Verhältnis mit Melanie Welker an die Öffentlichkeit gezerrt worden war, hatte er sie weiterhin gesehen, aber nur noch in der Schule. Der Schulleiter hatte ihn zwar wieder unterrichten lassen müssen, Melanie aber in stets wechselnden Klassen unterbringen können. Auf diese Weise war ein Zusammentreffen nicht mehr möglich. In den Pausen wurde das Mädchen von ihren Freundinnen abgeschirmt. Zu gerne hätte er sie gesprochen, sie gefragt, wie sie so schlimme Dinge von ihm behaupten konnte, wo sie sich doch einmal so sehr geliebt hatten.

Bis vor zwei Tagen funktionierte das Schutzsystem rund um Melanie Welker gut. Dann hatte er sich entschlossen, in der Nähe ihres Elternhauses im Auto auf sie zu warten, um eine Aussprache zu bitten. Tatsächlich war sie nachmittags an ihm vorbeigefahren. Er hatte hinter ihr her gerufen. Sie war vom Fahrrad gestiegen, langsam und schüchtern auf ihn zugekommen und zu ihm ins Auto gestiegen.

Er hatte ihre Anspannung riechen können. Nichts, aber auch gar nichts, erinnerte ihn mehr an den Duft dieses Mädchens, der ihn so betört hatte. Richtig ins Gespräch gekommen waren sie nicht. Als er fragte: „Melanie, weißt du eigentlich, was du mir antust?", begann sie zu weinen. Er mochte sie nicht so voller Traurigkeit sehen, versuchte den Arm um sie zu legen und erschrak, als sie plötzlich anfing zu schreien. Und weil es ihr nicht sofort gelang, den Türöffner auf der Beifahrerseite des Autos zu betätigen, war sie regelrecht in Panik geraten. Er wollte sie trösten. Als sich die Tür endlich öffnete, hatte er sie gerade mal am Arm berührt. Durch ihre heftige Fluchtbewegung war nicht nur das Oberhemd, das einmal ihrem Vater gehört hatte und natürlich viel zu groß für sie war, gerissen. Er hinterließ sogar Kratzspuren auf der Oberseite ihres linken Arms.

Dieser neuerliche Vorfall löste einen Sturm der Entrüstung bei Melanies Eltern, bei der ermittelnden Polizei und in der Schule aus. Und Hartmut Schreyer hörte auf zu schlafen, so groß war seine Anspannung. Früher, als er noch in Köln für das Lehramt studiert hatte, litt er ab und zu unter Depressionen. Sein Psychotherapeut hatte ihm damals geraten, ruhig mal eine Nacht durchzumachen, wenn der Zustand zu schlimm wurde. Aber Hartmut Schreyer hatte bereits die zweite Nacht in Folge nicht mehr geschlafen. Nachbarn hatten sich über laute Musik aufgeregt und zwei Nächte nacheinander die Polizei verständigt. Sein Geisteszustand hatte inzwischen bedenklich gelitten. Nur so war es nach dem Auffinden seiner Leiche zu erklären, dass er sich nachts im Amtsgericht aufgehalten hatte. Er war sich sicher, dass ihm nichts passieren konnte, wenn er erst einmal die Akte aus dem Verkehr gezogen hatte. Niemand, so hoffte er, würde den Fall mehr verfolgen können und vermutlich geriet einfach alles in Vergessenheit.

Im Erdgeschoss fand er keine Möglichkeit, das Amtsgericht zu verlassen. Immerhin hatte er diesen Bereich des großen Gerichtsgebäudes nach langer Suche gefunden. Er rüttelte an allen Fenstern und Türen, doch kein Schloss gab nach oder ließ sich öffnen. Deshalb versuchte er sein Glück in der ersten Etage. Er schätzte, dass ein unbeschadeter Sprung aus einem der Fenster möglich sein müsste. Doch auch in der ersten Etage des Altbaus waren alle Fenster fest verschlossen. Er war der Verzweiflung nahe, als er an einer Tür rüttelte. Dahinter vermutete er ein Büro. Wenn nichts anderes half, wollte er hier die Fensterscheibe einschlagen und auf diese Weise nach draußen gelangen. Seine Wut nahm zu und trotzdem er eigentlich keine Spuren seines nächtlichen Eindringens hinterlassen wollte, war ihm nun alles egal. Er musste hier einfach nur noch raus. Mit aller Gewalt hatte er sich bereits ein Mal gegen die Tür geworfen und bemerkt, dass sie etwas nachgab. Beim zweiten Sprung lockerte sie sich noch mehr. Beim dritten Anlauf spürte er einen deutlichen Luftzug, bemerkte aber zu spät, was der zu bedeuten hatte. Während er gegen die Tür prallte, wusste er plötzlich den Grund. Die Tür gab nach, öffnete sich ganz und Hartmut Schreyer hatte das Gefühl, eine Sekunde lang in der Luft zu stehen. Dann fiel er mit voller Wucht und mit dem Kopf voran fünf Meter in die Tiefe, zog sich schwere Verletzungen zu und starb daran wenige Minuten nach seinem Aufprall. Als er morgens gefunden wurde, hielt er die blutverschmierte Akte noch immer fest umklammert.

Wie Klaus Blau starb

von Harry Schick

Über dem Polizeipräsidium in der Heymannstraße in Manfort zogen dunkle Wolken auf.
Den ganzen Vormittag über hatte es geregnet
und erst gegen Mittag wollte der Niederschlag
endlich nachlassen. Jetzt schien sich der
Himmel erneut entleeren zu wollen.

Von der kahlen Wand lächelte der vergilbte
Polizeichef herab. Der muss schon lange im
Amt sein, dachte ich. Unter ihm saß der
Kommissar, der sich mir als Schmitt vorge-
stellt hatte, wobei er besonderen Wert auf
Doppel-T gelegt hatte. Als ob man das bei der
Aussprache seines Namens hören würde.

Schmitt beachtete mich kaum. Er war in die
Akte vertieft, die vor ihm lag und klopfte
manchmal missmutig mit seinem Kugelschreiber auf den Tisch. Endlich klappte er
die Mappe zu, schaltete das altmodische Tonbandgerät auf dem Tisch ein und wandte sich
mir zu.

„Was mir noch nicht ganz klar ist", begann
der Kommissar, „ist das Motiv Ihres Überfalls
auf Klaus Blau."

„Klaus Blau? Wer ist das gleich wieder?",
fragte ich.

„Der Tote."

„Ach ja", erinnerte ich mich. „Herr Blau. Und
der ist tot, sagen Sie? Sind Sie sich da sicher?"

Schmitt sah mich erstaunt an. „Der Schädel
des Armen wurde von einer Axt gespalten",
sagte er recht gelassen. „Kein schöner Anblick", sagte er dann eine Spur nachdenkli-
cher. Als würde er in Erinnerungen schwel-
gen. „Sie waren ja selbst dabei. Sie glauben
doch nicht im Ernst, dass jemand so etwas
überlebt, oder?"

„Sie müssen wissen, ich habe Herrn Blau ganz gut gekannt. Er ist ein recht solider Mensch. Ich meinte, er hält eine ganze Menge aus, wenn ich das so sagen darf", entgegnete ich entschuldigend.

„Deswegen frage ich ja." Der Kommissar schüttelte den Kopf. „Der Mann hatte immerhin eine Axt im Kopf. Verstehen Sie das? Ihre Axt."

„Aber deswegen muss er doch nicht gleich ..."

„Sie spaltete seinen Schädel in zwei Hälften, die Schädeldecke platzte auf wie bei einem Überraschungsei, die Axt kappte lebenswichtige Nervenbahnen, führte zu einem erheblichen Blutverlust, wissen Sie?"

„Aber...", wandte ich ein.

„Klaus Blau war auf der Stelle tot, mausetot, verstehen Sie mich? Tot, tot, tot", schrie er.

Ich war erschrocken über Schmitts unbeherrschten Ausbruch, dazu seine unnatürliche Blässe und die Spucketropfen, die aus seinem Mund heraus auf den Tisch fielen. Ich fand, es gab keinen Grund, dass er sich so unbeherrscht gebärdete. Außerdem war ich besorgt wegen seiner Behauptung, jene ominöse Axt in Herrn Blaus Kopf sei meine. Ich besaß gar keine Axt. Habe ich nie besessen. Aber ich war zuversichtlich, dass sich das klären würde.

„Lassen wir das", sagte Schmitt giftig. „Fangen wir also noch einmal von vorne an: Was wollten Sie denn nun eigentlich bei Klaus Blau? Was hatten Sie da zu suchen?"

„Was ich da zu suchen hatte? Nun, ich wollte ihn besuchen. Das ist alles", sagte ich achselzuckend.

„Aha. Besuchen wollten Sie ihn. Ist ja interessant!"

„Finden Sie wirklich?", fragte ich und meinte es ehrlich. In der Stimme des Kommissars lag schon wieder diese Bösartigkeit, mit der er mir wohl zeigen wollte, dass er mich hasste, dass er mir völlig misstraute.

„Ich habe ihn besucht, ja. Wie jeden Montag. Das war schon so eine Gewohnheit, wissen Sie? Das ist doch nichts Ungewöhnliches, oder?"

Für den Kommissar schien es doch etwas Ungewöhnliches zu sein, denn bei meinen Worten griff er wie elektrisiert nach seinem Kugelschreiber und kritzelte in großen Buchstaben die Worte „Jeden Montag" auf einen Zettel.

„Ja, jeden Montag", bestätigte ich. „Ist das verboten oder was? Ich meine ..."

„Wir werden das selbstverständlich überprüfen", sagte Schmitt amtlich.

„Selbstverständlich", wiederholte ich und nickte.

„Ich hoffe für Sie, dass das stimmt, was Sie mir da sagen", meinte der Kommissar ernst, „sonst drohen Ihnen möglicherweise noch sechs weitere Mordanklagen. Und das wäre gar nicht gut für Sie."

Ich zuckte unwillkürlich zusammen: Schmitt hatte von Mord gesprochen, sogar von mehrfachem Mord. Ich also ein Massenmörder? Der Schlächter von Leverkusen, oder was? Das war unvorstellbar. Geradezu lächerlich!

„Mord?", rief ich und lachte, obwohl mir unbehaglich zumute war. „Das höre ich das erste Mal!"

„Im Fall von Klaus Blau ist es ja ziemlich eindeutig."

„Mord?", rief ich noch einmal ungläubig.

„Vielleicht auch Totschlag oder fahrlässige Tötung", meinte der Kommissar trocken, „aber das macht die Sache kaum besser."

„Nein, nein. Es war eher so etwas wie fahrlässige Selbsttötung oder eigenhändiger Tot-

schlag, wenn Sie verstehen, was ich meine",
versuchte ich zu erklären.

„Ein Unfall? Im Wohnzimmer mit einer Axt?"

„Nein, kein Unfall. Eine Art Wutanfall. Herr
Blau war nämlich ein richtiger Wutknubbel.
Er rastete regelmäßig aus. Eigentlich jedes
Mal, wenn ich ihn besuchte. Zum Ende jeder
meiner Besuche begann er zu spinnen. Vor
zwei Wochen zum Beispiel, da hat er sich aus
Wut eine Stricknadel durch die Wange gejagt.
Einfach so. Stellen Sie sich das mal vor!"
Schmitt sah mich nur befremdet an.

„Ich bin dann natürlich immer gegangen",
erklärte ich, „weil er für die nächste Zeit abso-
lut unbrauchbar war. Und wie gesagt, war
das Ganze nicht schön anzusehen."

„Glauben Sie selbst eigentlich, was Sie mir da
auftischen?", zischte der Kommissar.

„Wie meinen Sie das?", fragte ich verwirrt.

„Ich sagte Ihnen doch schon, dass er ein etwas außergewöhnlicher Mensch war. Was
kann ich dafür, wenn er immer gleich ..."

„Seien Sie doch still!", schnitt mir der Kommissar das Wort scharf ab. „Ich habe Ihre
Lügen endgültig satt!"

Ich fühlte mich verletzt und beleidigt und
starrte dumpf an Schmitt vorbei auf das gelbe
Lächeln des Polizeichefs hinter ihm. Dabei
bekam ich plötzlich den Eindruck, als würde
das Gebiss aus der Wand hervorzutreten. Das
irritierte mich und ich sah wieder weg.

„Sie sind gewaltsam in das Haus an der
Pommernstraße eingedrungen. Dafür gibt es
Zeugen, die Sie in Aktion gesehen haben. Sie
haben die Fensterscheibe eingeschlagen und
sind in das Haus eingestiegen. Das ist nicht
gerade üblich für freundschaftlichen Besuch,
finden Sie nicht?"

„Daran kann ich mich nicht mehr so genau
erinnern", wandte ich ein. „Aber ich erinnere

mich, dass keiner öffnete, als ich klingelte. Ich war natürlich besorgt."

„Natürlich!", rief Schmitt höhnisch.

„Wahrscheinlich habe ich dann wirklich die Scheibe eingeschlagen, ja. Kann sein. Ich habe ja auch Schrammen hier an den Händen. Sehen Sie mal! Die kommen sicher daher", erklärte ich eifrig.

Der Kommissar schien der Verzweiflung nahe zu sein und ich wusste nicht, aus welchem Grund das so war. „Sie sind mit einer Axt ins Haus eingedrungen. Sagen Zeugen jedenfalls. Und nun müssen wir feststellen, dass jemand Klaus Blau die Axt innerhalb der nächsten Minuten in den Schädel schlug. Wer, denken Sie, kommt dafür wohl als einziger in Frage?"

„Ich etwa?", fragte ich erschrocken.

„Sie! Ganz genau! Sie haben die 500-Euro-Frage richtig beantwortet! Ohne Joker!"

„Das ist möglich", hörte ich mich leise sagen.

„Es ist möglich!", schrie Schmitt.

„Im Grunde ja. Aber ich verstehe das nicht. Ich könnte mir ein halbes Dutzend Leute vorstellen, die ich eventuell in den letzten Wochen ..."

Schmitt sah mich abwartend an.

„Ich habe sie vielleicht wirklich umgebracht, ist schon möglich. Aber glauben Sie mir, dann waren es leere Morde. Sie haben mir nichts gebracht, mich nicht befriedigt. Nichts außer einer stumme Verzweiflung."

Der Kommissar blickte mich nur verächtlich an. „Schluss damit!", rief er. „Jetzt ist Schluss! Ich will, dass Sie jetzt endlich ein Geständnis ablegen. Und zwar sofort! Hier und jetzt! Haben Sie das verstanden?"

Jedes Mal, wenn der Kommissar so richtig böse auf mich wurde, bekam ich Angst. Es war eine Angst, die ich kannte, seit ich ein kleiner Junge war. Ich fühlte eine Spannung, die meinen ganzen Körper ergriff, jede meiner Adern durchzog, so dass ich nichts mehr zu tun vermochte, als mühsam zu nicken.

„Also fangen Sie endlich an!"

„Auf Tonband?", fragte ich langsam. Ich spürte, wie das Ziehen in mir immer heftiger wurde.

„Ja natürlich. Aber fangen Sie endlich an!"

Da schnellte ich von meinem Stuhl auf, bekam das Tonbandgerät zu fassen, mein Arm begann weit auszuholen, um den Apparat mit den wild durcheinanderflatternden Magnetbändern dem überraschten Gesicht Schmitts entgegenzuschleudern. Das Gerät schoss wie ein schwarzer Komet auf den Kommissar zu und riss ihn mit sich unter den Schreibtisch. Dann folgte Stille und ich stand wie verloren vor dem leeren Schreibtisch, hörte nur eine Wanduhr mit meinem Herzen um die Wette klopfen. Aus den Augenwinkeln nahm ich den Polizeichef an der Wand gewahr, aus dessen Mundwinkeln dunkles Blut zum Kinn hinablief und von dort auf den Boden tropfte. Ich nahm ein Taschentuch und wischte das Lächeln wieder frei.

Draußen auf dem Gang wurden Schritte laut. Ich fuhr herum und stürzte auf die Tür zu, die vor mir aufgerissen wurde. Ich prallte gegen eine grüne Uniform, die plötzlich in der Tür stand und die einen erschrockenen Schrei ausstieß, als ich sie zur Seite stieß und auf den Gang hinausschoss. Die Türen links und rechts und die kalten Leuchtstofftröhren an der Decke flogen scharf an mir vorbei, das wütende »Halt!« der grünen Uniform erreichte mich kaum noch. Ich wusste nicht, ob ich tatsächlich eine Chance haben würde, diesem Labyrinth aus Abteilungen, Gängen, Treppen und Kammern zu entrinnen.

Ich wusste, dass heute Dienstag war, dass ich eben an einem Dienstag meinen ersten Mord, meinen ersten richtigen Mord, begangen hatte. Und während ich weiter durch menschenleere Gänge hetzte, fasste ich den Plan, nur noch dienstags zu morden und nach Möglichkeiten nur noch Schmitts mit Doppel-T. Ich bog um die Ecke und sah am Ende des Gangs eine Tür, endlich eine Tür, die versprach, mich aus diesen Mauern herauszuführen, und als ich das kalte Metall ihrer Klinke in meiner Hand spürte, freute ich mich schon auf den nächsten Dienstag.

Die Heymannstraße fand ich draußen total verregnet vor und rannte in Richtung Friedhof, ich rannte die Manforter Straße herunter. Es würde schon bald wieder Dienstag werden. Ich rannte und rannte und ...

Es war Mord

von Harry Schick

Die bunten Herbstfarben der Natur waren verblasst im Grauschleier der nahen Dämmerung. Flackernd erhellte fernes Wetterleuchten für wenige Augenblicke den dunklen Himmel, und dumpfes Donnergrollen untermalte die düsteren Worte des Pfarrers vor dem offenen Grab: „Der Herr hat's gegeben, der Herr hat's genommen!"
Regungslos und stumm umringten etwa dreißig dunkel gekleidete Gestalten das Grab, in das sich der hölzerne Sarg absenkte. Aus der Ferne der Burscheider Straße in Bergisch Neukirchen ertönte das laute Heulen des Martinshorns eines herannahenden Krankenwagens.
Langsam trat einer nach dem anderen ans Grab, warf einen letzter Blick hinein, schenkte der Verstorbenen einen letzten Blumengruß, symbolisch eine Schaufel Erde oder einen letzten Gedanken.
Luise, eine 40jährige Dunkelhaarige, trat wie die anderen ans Grab, verharrte dort gesenkten Hauptes eine quälend lange Zeit und warf dann ihren kleinen Blumenstrauß auf den Sarg. Eine unerklärliche Spannung lag in diesen Sekunden absoluter Stille.
„Das war Mord."
Mit leiser, aber fester, ja durchdringender Stimme sprach Luise diese Worte, die alle Umstehenden ratlos erschauern ließen. Hier und da war ein Räuspern zu hören, einige Trauergäste schauten zu Boden, andere irgendwohin ins Leere. Niemand mochte dem anderen ins Gesicht sehen. Der Wind wirbelte Laub auf, die ersten Regentropfen fielen. Die Schirme wurden aufgeklappt. Luise wandte sich ab, verließ die Trauergemeinde über den

schmalen Aschenweg. Peter, ihr Mann, eilte ihr nach. „Warte doch", hörte man ihn rufen.

Eine mittelgroße Gestalt, nicht auszumachen, ob Mann oder Frau, in nass-glänzendem Ledermantel und mit einem dunkelgrünen Regenschirm ausgerüstet, folgte den beiden. Niemand nahm davon Notiz. Der Regen wurde stärker, der Wind nahm an Geschwindigkeit zu. Blitze zuckten über den schwarzen Himmel und erhellten kurz die frische Grabstelle. Schnell löste sich die Gruppe der Trauernden auf, flüchtete vor dem drohenden Unwetter. Minuten später trommelten dicke Hagelkörner auf den Sarg nieder, in dem Yvonne Deidenbach ihre letzte Ruhe gefunden hatte.

Am nächsten Tag hatte Peter in aller Frühe eine wichtige Geschäftsbesprechung in München. Deshalb fuhr ihn Luise am Abend vorher zum Flughafen nach Düsseldorf. Obwohl keinerlei Missstimmung zwischen beiden bestand, verlief die Fahrt schweigend. Jeder hing seinen eigenen Gedanken nach. Endlich platzte aus Peter heraus, was ihn schon seit der Beisetzung beschäftigte: „Du glaubst nicht an Yvonnes Selbstmord?"
„Nein, das war eiskalter Mord. Da bin ich mir sicher. Trotz ihrer labilen Verfassung hätte Yvonne das nie getan", erwiderte Luise nachdenklich. „Als ich am Grab stand sagte mir eine innere Stimme: das war Mord, Luise."
„Hanno wird deinen Verdacht und unser plötzliches Verschwinden kaum verstehen", antwortete Peter.
„Ich werde Hanno anrufen", versprach Luise und verabschiedete sich von Peter in aller Eile, weil hinter ihr ein paar ungeduldige Autofahrer ein Hupkonzert veranstalteten. Es regnete immer noch, als Luise die Heimfahrt antrat und geplagt war von wilden Gedanken

an die Ereignisse der letzten Tage.

Yvonne war ihre Freundin gewesen. Kennen gelernt hatten sie sich vor vielen Jahren als Arbeitskolleginnen in dem gleichen Chemieunternehmen - der Chemoflex GmbH, einer kleinen Firma, die für Bayer keine Konkurrenz sein konnte. Luise wechselte vor Jahren zum Chemieriesen vom Rhein, während ihre Freundin bis zuletzt in den Diensten der Chemoflex ausharrte. Die letzte Zeit in dieser Firma muss für sie die Hölle gewesen sein, mutmaßte Luise.

Als vor zwei Jahren die Geschäftsführung wechselte, geriet das Unternehmen in Schwierigkeiten. Einer der Geschäftsführer, Werner Hellbrandt, verschwand plötzlich spurlos. Zur gleichen Zeit verschwanden auf mysteriöse Weise vier mannshohe Behälter mit Flusssäure, eine der aggressivsten Chemikalien überhaupt. Yvonne erzählte Luise von ständigen Besuchen und Verhören der Kriminalpolizei, von dem ungeheuren Verdacht, der verschwundene und durch seine eigenwillige Personalpolitik zuvor sehr umstrittene Geschäftsführer Hellbrandt sei ermordet, in Säure aufgelöst und mit Hilfe des einen der vier Behältern entsorgt worden. Gerüchte, Verdächtigungen und Misstrauen untereinander vergifteten nach und nach das Betriebsklima. Sorge um den eigenen Arbeitsplatz kam hinzu. Die Chemielaborantin Yvonne Deidenbach geriet durch ihre Offenheit mitten in das Getriebe und wurde das Ziel einer hinterlistigen Mobbing-Offensive. Immer wieder riet ihr Luise, diese Firma zu verlassen, aber Yvonne harrte aus, glaubte kämpfen zu müssen, kämpfen zu können und verlor doch täglich mehr und mehr ihr inneres Gleichgewicht. Eine psychotherapeutische Behandlung war der nächste Schritt.

Yvonne war reizbar, unzufrieden und ungerecht geworden. Dem Rat von Freunden, sogar den wohlgemeinten Worte ihres Ehemannes Hanno, misstraute sie immer mehr, ihre psychische Erkrankung wurde immer besorgniserregender, lag als schwere Belastung über der Ehe. Dann kam, sehr zu Luises Erleichterung, der Tag, an dem man Yvonne seitens der Chemoflex fristlos kündigte mit der Begründung, sie störe in unzumutbarer Weise den Betriebsfrieden. Yvonne hatte gedroht, ihre Mutmaßungen über das geheimnisvolle Verschwinden von Werner Hellbrandt an die Presse zu geben. Vermutlich hatte es schon gereicht, dass allgemein bekannt war, dass sie mit einem Redakteur des Leverkusener Anzeigers bekannt war.

Zwei Tage später geschah das furchtbare Ereignis. Nach einem Einkauf in Wiesdorf stürzte Yvonne auf dem Bahnhof unmittelbar vor einen einfahrenden Zug und wurde überrollt. Sie war sofort tot. Die Menschenmasse auf dem Bahnsteig schrie entsetzt auf, rannte fort, drängelte, neugierig reckten einige Schaulustige die Hälse, ein paar Menschen standen abseits und weinten nur.

Unfall oder Selbstmord? Das war der Aufmacher im Lokalteil der Zeitungen am nächsten Tag. Einen weiteren Tag später hieß es, mit großer Wahrscheinlichkeit gehe die Polizei von einem Suizid aus.

All dies schwirrte Luise durch den Kopf, aber sie vermochte sich nicht vorzustellen, dass Yvonne sich etwas angetan hatte, und sie konnte sich erst recht keinen Reim darauf machen, dass Yvonne erst einen Einkaufsbummel macht, um sich dann mit ihren voller Einkaufstaschen vor einen Zug zu werfen.

Zu Hause in der Elsbachstraße angekommen,

fuhr Luise den Wagen in die Garage und eilte zur Haustür. Immer noch regnete es in Strömen. Während sie in ihrer Handtasche nach dem Hausschlüssel suchte, bemerkte sie auf der anderen Straßenseite eine dunkle Gestalt, stocksteif dastehend, geschützt durch einen dunkelgrünen Regenschirm.

Inzwischen flog Peter hoch über den Wolken auf München zu. Die Zeitung legte er zur Seite, nachdem er feststellen musste, dass sein Kopf das Gelesene gar nicht aufnehmen konnte. Zu sehr beschäftigte auch ihn Yvonnes Tod. Immer wieder kehrte das Bild zurück, wie Luise vor dem Grab stand und sagte: „Das war Mord." Ein Schauer lief ihm den Rücken hinunter, denn er wusste, dass seine Frau keine Spinnerin war. Leichtfertig käme so ein ungeheurer Verdacht nicht über die Lippen.

Peter plagte ein schlechtes Gewissen, denn er hat Luise verheimlicht, was vielleicht von Bedeutung sein könnte. Bei einem Fortbildungs-Seminar trafen vor einigen Monaten zufällig Hanno und Peter aufeinander. Am Abend flossen etliche Bierchen und später härtere Sachen, für Hanno offenbar zuviel, denn es führte dazu, dass er zu später Stunde Peter sein Seelenleben offenbarte. Seine Ehe sei unerträglich, Yvonne bekloppt und in Behandlung eines Seelenklempners und der hetze sie wohl nur gegen ihn auf, er könne das nicht aushalten, gäbe es da nicht zum Glück die liebe Bärbel, eine tolle Frau, so verständnisvoll und so herrlich jung.

Am Tag darauf erinnerte sich Hanno mit mühsam erträglichen Kater nur noch dunkel an den Vorabend, befürchtete, etwas von seiner Bärbel verraten zu haben, und kam vorsichtig bei Peter angekrochen, um ihn zum Stillschweigen zu verpflichten. Die Sache mit

Bärbel sei ihm sehr ernst, sagte er. Und in Kürze wolle er Yvonne die Wahrheit sagen. Aber er selber wolle das tun, und er könne es nicht ertragen, dass Yvonne zuvor von dritter Seite von der Sache etwas erführe. Peter versprach, den Mund zu halten. Und er schwieg auch Luise gegenüber.

Hatte Yvonne doch etwas erfahren, und hatte ihr das bei dem ganzen anderen Trubel den Rest gegeben? Hatte sie sich in ihrem Zustand der Verzweiflung spontan auf die Schienen gestürzt? Ein unbestimmtes Gefühl von verschuldeten Versäumnissen beschlich Peter, während sich sein Flieger auf dem Landeanflug auf die bayerische Metropole befand.

Luise versuchte, Hanno telefonisch zu erreichen, um ihr merkwürdiges Verhalten auf dem Friedhof zu erklären. Es meldete sich nur der Anrufbeantworter. Als sie die Vorhänge zuzog, bemerkte sie auf der Straße gegenüber die Gestalt mit dem dunkelgrünen Regenschirm, die gemächlich hin und her spazierte, als warte sie auf einen Bus. In dieser Straße lag jedoch keine Haltestelle.

Nachdem im Fernsehen die Tagesschau zu Ende war, schaute Luise beunruhigt wieder nach draußen. Der grüne Regenschirm war immer noch da, und gerade kam ein Auto vorgefahren, bremste ab, der Fahrer wechselt ein paar Worte mit dem Fremden, der kurz zu Luise hinaufblickte. Dann fuhr das Auto davon. Luise war alles andere als ängstlich veranlagt, aber jetzt wurde ihr doch ziemlich mulmig.

Rasch prüfte sie, ob die Türen und Fenster verschlossen waren. Ausgerechnet heute musste Peter nach München fliegen. Sie schaltete den Fernseher aus und saß eine

Weile reglos da, bis die Türklingel sie jäh aufschreckte.

Zum Glück hatten sie eine Gegensprechanlage. „Ich bin es, Hanno. Darf ich dich noch stören?"

Luise war erleichtert, betätigte den Türsummer und ließ Hanno ins Haus. Während er seinen regennassen Mantel ablegte, schaute Luise verstohlen noch einmal hinaus zu dem Mann mit dem grünen Regenschirm. Tatsächlich spazierte der weiterhin auf und ab.

Als Luise und Hanno sich bei einem Glas Wein gegenüber saßen, redeten sie von den Äußerlichkeiten der Beisetzung, von der Organisation des Beerdigungs-Instituts, über den Blumenschmuck bis hin zur Zahl der Teilnehmer, obwohl beide ein anderer Aspekt viel mehr interessierte. Bleiern lag der Gedanke über dem Raum.

„Hast Du schon gehört, dass man Werner Hellbrandt gefasst hat?" wechselte Hanno plötzlich das Thema. „Er soll bei der Chemoflex über eine Million veruntreut haben." Sein Blick wurde lauernd, nervös flackernd, als er hinzufügte: „Deine Mord-Theorie dürfte damit doch wohl hinfällig sein, oder?"

„Nein. Ich glaube nach wie vor weder an einen Unfall noch an Selbstmord", entgegnete Luise mit fester Stimme. „An der Sache stimmt etwas nicht. Das spüre ich."

Das Telefon läutete, Luise und Hanno standen beide auf. Ehe sie den Hörer abheben konnte, zischte Hanno mit hochrotem Kopf: „Kein Wort, dass ich hier bin. Ich warne Dich!"

Luise schaute auf die blanke Klinge des Klappmessers in seiner Hand. Cool bleiben, ganz cool bleiben, fuhr es ihr durch den Kopf, ich darf keinen Fehler machen! Langsam führte sie den Hörer zum Ohr, sagte nur: „Ja bitte?" und schwieg eine Weile, bis Hanno nervös mit dem Messer fuchtelnd unmittelbar vor sie trat. „Nein, es ist alles in Ordnung, Peter. Ja, es regnet hier immer noch. In München auch? Peter ...? Dir auch, Peter. Gute Nacht!"

Sie legte den Hörer auf. „Das war Peter. Und was, bitteschön, soll das mit dem Messer?"

„Wenn es Mord war", es war mehr ein Keuchen als ein Sprechen, „dann muss es doch auch einen Mörder geben, nicht wahr?" Luise blieb stumm.

„Nicht wahr?" wiederholte er und kam ihr bedrohlich nahe. „Und wer zum Teufel soll der Mörder sein? Wollt ihr mich jetzt total fertig machen!? Hat Peter dir davon erzählt, von Bärbel und mir?"

„Wovon redest du? Was für eine Bärbel?" Luise sank in den Sessel. „Hanno, beruhige dich doch. Was ist los mit dir? Hast du getrunken?"

Nein, er habe nicht getrunken, aber lasse sich nicht sein ganzes Leben zerstören, weder von Yvonne noch von Luise. Immer dichter kam er mit der Klinge ihrem Hals, immer irrer wurde sein Blick, immer angespannter der Gesichtsausdruck. Luise lehnte sich entsetzt weit zurück.

„Ich verrate dich nicht, kannst dich drauf verlassen."

Er schüttelte den Kopf und kam noch näher, das letzte Zögern eines Mörders, bevor er seinem Opfer die Kehle durchschneidet.

Ein merkwürdiges Klack-Geräusch im Hintergrund lenkte Hanno einen Moment ab. Er sah sich um. In diesem Augenblick versetzte ihm Luise geistesgegenwärtig einen Stoß mit dem Knie in die Magengegend. Hanno flog nach hinten. Ein Arm legte sich um seinen Hals, und eine kräftige Faust schlug ihm das Messer aus der Hand. Sekunden später klickten Handschellen. Hanno lag gefesselt am Boden, stöhnend, fluchend.

„Kellermann, Kripo Leverkusen", stellte sich ein stämmiger Kerl in einem klatschnassen Ledermantel vor, ging dann kurz nach draußen, holte seinen dunkelgrünen Schirm herein, und betrachtet das trickreich geöffnete Türschloss, ehe er die Tür zumachte. Dann rief er über sein Handy seine Dienststelle an. „Wir haben ihn, ihr könnt die Jungs vorbeischicken."

Während Luise wie in Trance um den am Boden wimmernden Hanno herum in die Küche schlich, um Kaffee zu kochen, erklärte ihr der Kriminalbeamte: „Sie haben uns toll geholfen, ohne es zu wissen. Wir haben nie an Suizid geglaubt, sondern den Ehemann von Beginn an in Verdacht gehabt. Mit Ihrer makabren Grabrede haben Sie den Herrn gründlich aufgeschreckt und verunsichert. Da war es uns klar, dass er sich irgendwie mit Ihnen in Verbindung setzen würde. Dass er Ihnen gleich an die Kehle geht, hatte ich allerdings nicht erwartet. Na, das ging ja gerade noch mal gut. Übrigens, sehr clever von Ihnen, mich bei meinem Anruf von vorhin mehrmals mit Peter anzureden. Wer ist denn dieser Peter, falls es den gibt?"

„Mein Mann", sagte Luise tonlos.

Der letzte Tag

von Harry Schick

Der letzte Tag in Claudias Leben neigte sich dem Ende zu. Das in der Wohnung verbliebene Tageslicht schien sich auf leisen Sohlen zurückzuziehen, als könnte es das Herannahen des Todes spüren. Über den Dächern Leverkusens verglühte der klare Frühlingshimmel in einem Crescendo von tausend Farben. Ein paar vereinzelte Wölkchen, rot, violett und blau, hingen wie hingeworfene Wattebäusche über dem Horizont.

Bald würde die Nacht den Tag verschlungen haben. Claudia saß da und wartete. Sie war bereit. Dieses Mal würde sie den Weg zu Ende gehen. Sie war des Lebens zwischen den Extremen überdrüssig, hatte den Glauben verloren; den Glauben, dass seine Liebe sie heilen könnte. Nach vier Jahren hatte sich diese Hoffnung endgültig zerschlagen. Wie so viele Male zuvor. Claudia hatte keine Kraft mehr zu hoffen, sie war nur noch unendlich müde.

Sie drehte die beiden Wasserhähne auf. Unter dem protestierenden Gluckern und Tosen der alten Rohre begann heißes Wasser in die Badewanne zu fließen. Claudia prüfte die Temperatur. Heiß genug.

Neun kleine rote Kerzen standen im Raum verteilt: vier in jeder Ecke der Badewanne, drei auf der Waschmaschine und zwei auf der Umrandung des Waschbeckens. Claudia würde sie anzünden, sobald es ganz dunkel war. Neben der Badewanne, auf einem Hocker, der als Kleiderablage diente, lag ein mit Rosenblüten gefüllter Schuhkarton.

Rosenblüten, rot wie Blut. Blüten. Bluten.

Als die Wanne halb voll war, begann Claudia sich auszuziehen. Sie schlüpfte aus ihren Jeans, entledigte sich des Sweaters, zog die

Strümpfe, den BH und schließlich den Slip aus. Claudias Haut schimmerte im Dämmerlicht wie Alabaster. Sie war eine schöne, eine verzweifelte Frau.

Wohin mit den Kleidern, überlegte sie. Würde er sie wegwerfen, wenn ...?

Sich der Lächerlichkeit dieses Gedanken bewusst werdend, schüttelte sie den Kopf. Was spielte es schon für eine Rolle, was mit ihren Kleidern geschah? Sie ließ das Bündel liegen, wo es war.

Claudia wurde ganz ruhig, verspürte plötzlich eine Gelassenheit in sich, die sie in ihrem Leben nie gekannt hatte. Das mochte an den drei Tabletten liegen, die sie vor einer Viertelstunde geschluckt hatte, aber das war es sicher nicht allein.

Ihr Leben war ein Ritt auf einer verrückten Wippe gewesen: Von ganz oben nach ganz unten. Ein ständiges Auf und Ab zwischen Manie, Depression und Beruhigungstabletten. Die goldene Mitte war immer nur ein undeutliches Schemen in der Ferne geblieben. Unerreichbar für sie. Doch heute würde sie unter alles einen Schlussstrich ziehen. Claudia fürchtete sich nicht vor dem Tod. Er war ihr vertraut, sie war ihm schon oft sehr nahe gewesen. Doch immer war sie zurück ins Leben geholt worden.

Sie dachte an ihn. Sie wähnte ihn bei ihrer Freundin Sabine, sonst hätte er sie nicht alleine gelassen. Aber es würde Claudias letzte Lüge sein.

Das Einzige, wovor sie sich ein wenig fürchtete, war dieser letzte Schmerz, wenn die scharfe Klinge in ihr warmes Fleisch fuhr. Sie blieb eine Weile nackt neben der Wanne stehen, bis das Wasser hoch genug gestiegen war. Dann drehte sie die beiden Hähne zu, nahm die Schuhschachtel und verstreute die Rosenblüten auf der Wasseroberfläche. Zuletzt zündete sie die Kerzen an. Das rote Licht warf tanzende Schatten an die Wand. Schließlich schloss Claudia die Wohnungstür, ließ den Schlüssel stecken und stieg in die Wanne. Das Wasser war sehr heiß, und Claudia brauchte eine Weile, bis sie sich an die Temperatur gewöhnt hatte.

Schließlich ragten nur noch ihr Kopf und die Brustspitzen aus dem mit Rosenblüten bedeckten Wasser. Das Überflussventil gluckerte. Den Blick auf die Wand gerichtet, ließ Claudia ihre Gedanken ein letztes Mal bei ihm verweilen.

Seine Liebe war das Schönste, Wunderbarste, was sie in ihrem Leben hatte erfahren dürfen. Sie war dankbar für die drei Jahre mit ihm. Und doch war es nie genug gewesen. Nicht annähernd genug. Aber das hatte sie ihm nie sagen können.

Was sie im Begriff zu tun war, würde sein Herz brechen, aber das war viel zu milde ausgedrückt; es würde ihn brechen. Und obwohl sie das wusste, konnte sie nicht anders. Das Licht, das er in ihr Leben gebracht hatte, konnte die Dunkelheit und den Schmerz nicht vertreiben.

Mit ihren dreiundzwanzig Jahren war Claudia bereits für vier mehrwöchige Aufenthalte in Langenfeld gewesen. Jedes Mal waren es Wochen des Eingesperrtseins mit Gittern vor den Fenstern. Doch keine Wachtherapie, kein Psychopharmaka hatte sie von ihren Qualen erlösen können. Das Zeug, mit dem sie sie ruhig stellten, machte aus ihr einen wahren Zombie. Eine Hülle. Empfindungslos, leer. Sie hatte bereits fünf Selbstmordversuche hinter sich, den ersten mit vierzehn. Dieser würde ihr letzter sein und dieses Mal würde es nicht beim Versuch bleiben.

Der Gedanke an ihr junges, verpfuschtes Leben brachte sie zum Weinen. Er hatte ständig von der Zukunft gesprochen, davon, zu heiraten, eine Familie zu gründen, Kinder zu haben. Doch es würde keine Zukunft für sie beide geben.

„Verzeih mir. Es tut mir leid. Es tut mir unendlich leid", schluchzte sie.

Ihre rechte Hand tastete zitternd zum Wannenrand. Daumen und Zeigefinger griffen vorsichtig nach der Rasierklinge. Sie durfte jetzt nicht mehr denken, musste es einfach tun, schnell, sonst würde sie der Mut wieder verlassen.

Claudia schloss die Augen und führte die Klinge an ihr linkes Handgelenk. Sie kannte die Stelle, wo sie den Schnitt ansetzen musste.

Der Taschendieb

von Harry Schick

Ein leises Wimmern drang durch die unheimliche Dunkelheit. Es war das Schluchzen einer Frau, die einem Nervenzusammenbruch nahe zu sein schien. Die menschlichen Töne klangen unterdrückt, als ob die Frau sich davor fürchtete, gehört zu werden. Niemand war bei ihr.

Ganz alleine hockte sie in der zukünftigen Tiefgarage des Ärztehauses am Ende des Europarings, gleich gegenüber von Möbel-Smidt. Die Baustelle war um diese Zeit längst verlassen, denn es war Nacht. Kein Geräusch verließ diesen Ort oder drang zu ihm vor. Vor wenigen Minuten waren die Lichter erloschen, sodass sich die Frau nicht mehr orientieren konnte. Verzweifelt hockte sie in dem halbfertigen Baugewölbe.

Sie hatte dem Dieb nachgestellt, der sie bestohlen hatte. Ein junger Mann hatte ihr in einem Moment fahrlässiger Unvorsichtigkeit in die Handtasche gegriffen. Danach war er geflüchtet. Von Beruf Musiklehrerin mit sportlichen Ambitionen, hatte sie es mit ihm aufnehmen wollen und war ihm nachgerannt, bis er in diese Baustelle gelaufen war. Zu dem Zeitpunkt, als sie ihn in dem riesigen Bauwerk hatte suchen wollen, gingen drinnen die Lampen aus und überließen sie der Dunkelheit.

Das Stemmeisen, das sie unterwegs aufgehoben hatte, nützte ihr herzlich wenig, da sie überhaupt nichts sah. Sie wollte um Hilfe rufen, aber um diese Zeit wäre sie bloß von der falschen Person gehört worden und der war vermutlich wenig dran interessiert, ihr zu helfen. Sie war allein. Sie sann eine Minute über ihre Lage nach und darüber, was sie tun

71

könnte.

„Hilfe!", schrie sie dann verzweifelt in die Dunkelheit. „Hört mich jemand?"

Eine Antwort gab es für sie nicht. Völlig still war es um sie herum. Sie fing erneut an zu schluchzen. Es schüttelte sie regelrecht. Sie versuchte nicht mehr leise zu sein, ließ alles heraus, weinte in die Nacht hinein.

Nach einer Weile hatte sie sich etwas gefasst und wollte es wieder versuchen. „Hilfe!", rief sie und hielt erschrocken inne. Ein Strahl gleißenden Lichts hatte sie wie zufällig getroffen und blendete, sodass sie ihre Hände schützend vor die Augen halten musste. Sie torkelte einige Schritte rückwärts und wäre beinahe über einige herumliegende Eisenstangen gestolpert.

„Vorsicht!", rief eine Stimme hinter dem Licht. Es war die Stimme eines jungen Mannes und klang selbst ziemlich erschrocken. „Passen Sie auf, wo Sie hintreten. Hier liegt allerlei Baumaterial und Gerümpel."

Er trat einige Schritte vor und streckte ihr seine helfende Hand entgegen. Sie ergriff sie mit der ihren, zittrigen und wischte sich mit der anderen hastig die Tränen aus dem Gesicht.

„Danke", brachte sie bloß stotternd über die Lippen und versuchte, ihren Herzschlag unter Kontrolle zu bringen. Endlich war Hilfe gekommen. Sie bemerkte, wie auch die Hand ihres Helfers ein wenig zitterte.

„Kommen Sie, ich führe Sie hinaus." Ihre Augen hatten sich so sehr an die Dunkelheit gewöhnt, dass sie sie im Schein der Taschenlampe schließen musste. So konnte sie den jungen Mann nicht sehen, musste ihm ihr ganzes Vertrauen blind schenken, während er sie vorsichtig durch die mit Werkzeugen und Baumaterialien übersäte Tiefgarage führte.

Sie kamen langsam vorwärts. Er wies sie auf herumliegende Hindernisse hin und achtete darauf, dass sie nicht stolperte. Nach einer Weile konnte sie ihre Augen wieder öffnen und nahm ihren Helfer in Augenschein. Da er seine Lampe auf den Boden richtete, ließen sich von ihm nur dunkle Umrisse erkennen. Sie sah, dass er einen Bauhelm trug und seine Füße in großen, klobigen Schuhen steckten. Während sie eine Biegung nahmen, konnte sie einen Aufnäher an seiner Jacke mit dem Schriftzug „Schreck Bau AG" erkennen. Seine Finger, die ihre sanft umschlossen, waren dünn und zart, ungewöhnlich für einen Arbeiter. Er konnte noch nicht lange im Baugewerbe sein. Sie schätzte sein Alter auf etwa fünfundzwanzig bis dreißig Jahre.

„Danke, dass Sie mich hier herausholen. Ich war schon ganz verzweifelt." Das war stark untertrieben.

„Keine Ursache. Es freut mich, dass ich Ihnen helfen kann. Ohne diese Lampe hätte ich hier unten auch keine Chance. Sobald wir dieses Loch verlassen haben, können Sie sich wieder orientieren."

„Sie müssen mich für völlig bescheuert halten, hier alleine auf der Baustelle herumzulungern." Sie hatte das im Scherz gesagt, aber in ihr kam langsam Zorn über sich selbst auf. Sie fand sich wirklich dumm. Kein anderer Mensch wäre mitten in der Nacht alleine hinter einem Dieb in eine Baustelle gerannt, sportliche Ambitionen hin oder her. Wie ein kleines Kind musste sie an die Hand genommen werden.

„Ich erlaube mir kein Urteil", erwiderte der Arbeiter. „Wir finden hier allerlei Leute, wobei es sich allerdings meistens um Drogenabhängige oder Obdachlose handelt. Sie sind wirklich eine angenehme Überraschung." Sie musste lauthals lachen. Dieser junge Mann vor ihr hatte mehr Charme als ihr verflossener Freund.

Bald sah sie die Auffahrt, die, von unten betrachtet, direkt in den Sternenhimmel führte. Sie ließ seine Hand los und marschierte hastig darauf zu. Sie konnte es kaum erwarten, wieder in die Zivilisation zu kommen. Hinter ihr schaltete der Arbeiter die Lampe aus, damit sie den Ausgang besser sehen konnten. Die Sterne strahlten hell genug, um ihr den Weg hinauf zu weisen. Unendlich froh darüber, diesen Alptraum hinter sich gelassen zu haben, kam sie oben an und konnte, nicht weit von sich entfernt, die Silhouette Wiesdorfs erkennen. Sie wartete einen Moment, um den Bauarbeiter aufholen zu lassen und warf einen Blick auf die Uhr. Es war ein Uhr morgens. Fast eine ganze Stunde hatte sie in diesem Loch verbracht und wäre keine Hilfe gekommen, hätte sie vermutlich die Nacht in dem Gewölbe verbringen müssen.

Als sie sich zu ihrem Helfer umdrehen und nochmals danken wollte, konnte sie ihn nicht entdecken. Sie stand vor dem dunklen, unheimlichen Loch auf der riesigen Baustelle, im Hintergrund das erleuchtete Möbelhaus.

Von irgendwo her erklang eine bekannte Stimme. „Danke für die Brieftasche!"

Wenn Männer denken

von Harry Schick

Ich hatte den Plan gefasst, meine Frau zu töten. Dabei konnte ich nicht einmal sagen, dass ich meine Frau unausstehlich fand. Im Gegenteil, sie war sogar sehr nett. Und wenn man bedenkt, wie reich sie war, muss ich ihr sogar eine gewissen Attraktivität zugestehen. Eigentlich war sie ganz normal, eine Allerweltsfrau. Und ich war ein Allerweltsmann. Das heißt stets bemüht, das Leben zu genießen.

Doch in dieser Hinsicht war ich im Grunde immer zu kurz gekommen, viel zu kurz. Meine Frau verlangte zwar, dass ich jeden Montag morgen die Besprechung in der Werbeabteilung ihrer Firma leitete. „Projekt Produktion & Zukunft" hieß unser Team. Bestand aus lauter Topleuten aus dem Fachbereich Werbung. Ich war die einzige Niete, aber der Chef der Gruppe. Getan wurde immer, was die Fachleute empfahlen, aber ein gewisser Schein blieb gewahrt. Ich war einer der Direktoren der Firma. Das repräsentative Domizil für unsere Agentur hatten wir bereits vor Jahren in der Fußgängerzone Wiesdorfs, gleich gegenüber vom Bayer-Kaufhaus, gefunden.

Den Rest der Woche verbrachte ich meist auf dem Turnierplatz in Köln-Weidenpesch und beobachtete unsere Reiter beim Training. Meine Frau hatte sie engagiert. Die Pferde gehörten ihr ebenfalls. Damit das, aber nicht nur das, anders wurde, wollte ich sie umbringen.

Die Sache war einfach. Ich wollte den perfekten Mord begehen, die Firma erben, dazu gute fünf Millionen frei bewegliches, in der Hauptsache altes Firmenkapital und nochmals den gleichen Betrag in Aktien. Vom Schweizer Nummernkonto meiner Frau ganz abgesehen. Aber Habgier war nicht mein einziges Motiv. Es war die Freiheit, die mir meine Frau nahm. Sie beraubte mich außerdem stets der Ruhe. Sie bestimmte über alles. Ich hatte nur zu parieren.

Meinen Kegelabend jeden Donnerstag hatte sie mir gestrichen. „Du triffst dich da doch nur mit Gesocks und Pöbel!", schimpfte meine liebe Frau damals. „Und außerdem haben wir jeden Donnerstag bei uns den *Abend der Kunst*!" Dass ich nicht lache! Meine Frau und die Kunst! Die holte sich diese jungen Schnösel nur ins Haus, weil ich allmählich alt wurde. Was hieß alt?! 42 ist doch kein Alter! Meine Frau war schließlich 48! Und interessierte sich lebhaft für einen dieser jungen Maler. Wie hieß er noch? Siebenstock oder so. Total unfähig der Mann, aber eben 29 Jahre jung. War wohl ein guter Stecher. So manche Ausstellung hatte meine Frau für diesen Stümper arrangiert. Die Kunst des Malens war ihr dabei völlig gleichgültig. Aber er konnte eben den Pinsel gut schwingen.

Und sie hatte meine Sammlung alter Hufeisen in den Müll geworfen. Sie sagte, ich würde damit zu viel Zeit verschwenden. Ich könnte noch viele ähnliche Beispiele aufzählen. Sie engte mich ein, sie ließ mir überhaupt keinen Freiraum. Deshalb wollte ich sie töten. Das war mein Plan und ich war auf dem besten Wege, ihn in die Tat umzusetzen.

Es klingelte an der Tür. Ich vermisste die schrille Stimme meiner Frau: „Macht denn keiner die Tür auf?" Sprechen konnte sie zu diesem Zeitpunkt jedoch schon nicht mehr, denn sie lag bereits chloroformiert nebenan in der Bauerntruhe. Ich öffnete. „Nur hereinspaziert ... hereinspaziert ..." Fünf Feuerwehrmänner traten ein. Die Einladung war eine Idee meiner Frau gewesen. Sie hatte von einem dieser neueren heldenhaften Verhalten der Männer von der Feuerwache an der Stixchesstraße im Leverkusener Anzeiger gelesen. Dabei haben diese Typen doch bloß ihre Pflicht getan, als sie die sieben alten Leutchen aus dem Altersheim retteten, das in Flammen aufgegangen war. Wenn die alten Herrschaften umgekommen wären, hätte die Pflegeversicherung manche Ausgabe gespart.

Die fünf Gäste fühlten sich sichtlich unbehaglich in der luxuriösen Wohnung, traten von einem Fuß auf den anderen und wussten nicht, was sie sagen sollten. Und meine Frau? Die spürte gar nichts mehr. Tot war sie aber nicht. Noch nicht.

Am Vormittag hatte ich sie mit Chloroform betäubt. Sie hielt eben ein Nickerchen. Sie bemerkte gar nicht, wie ich neben ihr Bett trat, wohl aber, wie ich das chloroformgetränkte Wattebäuschchen auf ihre Nase presste. Sie war sofort weg. Dann zerrte ich sie aus dem Bett und legte sie in die Truhe. Im Abstand von 30 Minuten verpasste ich ihr eine neue Dosis Chloroform.

Es war 15 Uhr. Ich bat die Feuerwehrmänner sich zu setzen und entschuldige das Ausbleiben meiner Frau. Ich lobte ihr heldenhaftes Wirken.

„Meine Frau hat für jeden von Ihnen ein kleines Geschenk anfertigen lassen. Einen Augenblick bitte!"

15 Uhr 15. Mir zitterten doch ein wenig die Knie. Ich stand auf, ging in das Zimmer nebenan. Die Tür schloss ich hinter mir. Schon stand ich an der Truhe und öffnete sie. Mit der einen Hand griff ich nach dem Messer. Ich tastete nach der richtigen Stelle, setzte das Messer an der Halsschlagader an. Ein einziger

kräftiger Stich genügte.

Nach einer halben Minute war ich wieder bei den Feuerwehrmännern, überreichte jedem eine Münze mit der Aufschrift *Dank den Helden*. Sie stammelten alle Worte des Dankes. „Nicht doch, nicht doch!", wehrte ich ab. Ich war erleichtert. Meine Arbeit war getan. Ich wollte mit den Männern in die Agentur fahren und eine Führung machen. In ihrer Freundlichkeit würden sie es nicht ablehnen und ich hatte wertvolle Zeugen für den Tatzeitpunkt.

Ich stellte mir vor, wie der Gerichtsmediziner die Todeszeit feststellen würde: 15 Uhr 15. Von 13 Uhr bis 15 Uhr hatte ich den Polizeidirektor unserer Stadt zu Gast. Ich unterhielt mich mit ihm über die geplante Stiftung für Gewaltopfer in Leverkusen. Eine Idee meiner Frau. Der Mann ging um kurz vor 15 Uhr. Um 15 Uhr kamen die Feuerwehrmänner, die ich munter plaudernd durch die Agentur führen wollte. Nur 30 Sekunden lang hatte ich das Zimmer verlassen. Schnell war ich zurückgekommen. Exakt um 15 Uhr 15. Ich hatte ein bombensicheres Alibi.

Da klingelte das Telefon. Es war für die Feuerwehrmänner. Sie hatten unsere Nummer bei der Zentrale hinterlassen. Zwar hatten sie keinen Dienst, aber für alle Fälle wusste die Leitstelle, wo sie zu finden waren. Und so ein Fall war eingetreten, Sekunden, nachdem ich meine Frau erstochen hatte. Ein Großbrand in einem Baumarkt! Rasch waren sie weg. Rasten zum Einsatz. 15 Uhr 15 hatte ich meine Frau ermordet. 15 Uhr 16 stürzten meine Alibizeugen aus dem Zimmer. Zum Einsatz. Einfach so.

Ich saß da, völlig fassungslos. In meinem Haus. Nebenan lag meine tote Frau. Den Rest meines Plans konnte ich mir schenken. Mein

Alibi war geplatzt wie eine Seifenblase. Warum musste nur dieser Großbrand ausbrechen? Warum ausgerechnet zu diesem Zeitpunkt? Warum nicht eine halbe Stunde später, dann wäre mein Alibi perfekt gewesen. Ich saß da und starrte vor mich hin. Vor meinem geistigen Auge flatterten Geldscheine wie lose Blätter im Wind. Ich wusste, dass ich verloren hatte. Und ich hatte gründlich verloren. Ich wollte gestehen. Automatisch griff ich zum Telefonhörer und rief die Polizei an.

Jemand hob ab. „Kriminalpolizei Leverkusen. Sandra Grabow am Apparat." meldete sich eine Stimme.

„Ich habe eben meine Frau ermordet ...", murmelte ich.

„Bitte nennen Sie Ihren Namen und Anschrift. Es kommt gleich jemand vorbei ...", sagte Frau Grabow so einfach, als hätte ich eine Pizza bestellt.

Ein tödlicher Weg

von Renate Krohn

Als sich nach wochenlangem Dauerregen endlich mal wieder die Sonne blicken ließ, erinnerte Ulrich sich an ein geflügeltes Wort der
Leverkusener, die im alten Bayer-Hochhaus,
ab dem zehnten Stock aufwärts, arbeiteten:
Wenn du rausguckst und du kannst das Sie-
bengebirge sehen, dann regnet es bald; wenn
du es nicht mehr sehen kannst, dann regnet
es. Letzteres traf, nach einem besonders mie-
sen Herbst, auf die vergangenen vier Wochen
fast täglich zu.
„Komm Rieke, zieh deine Stiefel an und dann
geht es los!"
Diese nickte, schlüpfte in die gefütterten
Schuhe, band sich einen Schal um den Hals
und verkündete: „Ich bin fertig! ... und wo
bleibst du?"
Ulrich grinste. Es war ein altes Spiel zwischen
ihnen beiden. Der, der zuerst fertig war, zog
den anderen mit seiner vermeintlichen Träg-
heit auf.
Sorgfältig wurde die Wohnungstür verschlossen, dann machten die beiden sich auf den
Weg. Sie gingen die Feldstraße hinunter und
durchquerten den Weidenbusch in Richtung
Talstraße. Dort entschlossen sie sich, an der
Alten Ruhlach, rechts an der Bahn entlang in
Richtung Leichlingen weiterzugehen. Von dem
wochenlangen Regen war der Boden völlig
durchtränkt. Rieke maulte: „Iiihhh – ist das
glitschig hier" und machte einen Satz auf die
andere Seite des Weges.
„In der Nähe des Wupperufers ist es nun mal
so", antwortete Ulrich. „Wenn wir trockenen
Fußes wandern wollen, müssen wir die Straße nehmen. Wie ich dich aber kenne, läufst

du dann doch lieber ein bisschen durch den Matsch."

Mit einem bestätigenden Nicken turnte Rieke von einer trockenen Insel zur anderen. Gemeinsam entschieden sie sich, nachdem sie die Unterführung hinter sich gelassen hatten, nach rechts zu gehen. Besser wurde der Weg allerdings hier auch nicht. Seufzend und mit akrobatischem Geschick balancierte Rieke am rechten Rand des Weges entlang, bis sie vor einer riesigen Pfütze stand, die schräg rechts vor ihr von einem Lehmhügel begrenzt war. Ulrich rief ihr zu: „Da kannst du nicht drauftreten!" Doch es war schon zu spät. Rieke landete mit beiden Füßen bis über den Schaft ihrer Stiefeletten hinweg im Matsch und ließ einen Schrei los. „Ulrich – sieh mal – da drüben!"

Ulrich hatte bereits in die gleiche Richtung wie Rieke geschaut und kämpfte in diesem Moment mit aufkommender Übelkeit. Ein kleines Stück weiter, in einem brackigen Erdloch, lag eine weibliche Leiche. Uli zog Rieke mit einem Ruck aufs Trockene und hielt sie fest.

„Himmel!" krächzte Rieke und schluckte, „Ist die echt?"

„Das sieht ganz so aus. Wir werden die Polizei benachrichtigen müssen. Hast du das Handy dabei?"

„Natürlich nicht! Warum sollte ich auf einem harmlosen Sonntagsspaziergang das Handy mitschleppen? Und außerdem", fuhr sie zitternd fort, während sie angewidert auf ihre total verdreckten Schuhe und Hosenbeine sah, „du glaubst doch nicht im Ernst, dass ich allein hier stehen bleibe... Nee, ganz bestimmt nicht."

Beide standen noch immer vor der Pfütze, schüttelten sich und guckten trotzdem ein wenig genauer hin. Aus ihrem derzeitigen Blickwinkel sahen sie gegenüber des Weges nur einen abgestellten Kleinbagger und in dem Erdloch ein mit mittellangen, blonden Haaren umrahmtes Gesicht, das ihnen zugewandt war, sowie eine Hand, die über den linken Rand herausragte. An dieser Hand fehlte ein Finger. Sogar Ulrich, normalerweise hartgesottener als seine Frau, hatte mit diesem Anblick ein Problem. „Du meine Güte!", rief er aus, „das gibt es doch nicht! Ist das ekelhaft! Es scheint fast, als hätte da jemand Schmuck mitgehen lassen. Und weil die Tote ihn zu Lebzeiten nicht freiwillig abgeben wollte, hat man nach der Tat den Finger mitgehen lassen. Was machen wir jetzt?"

„Wir gehen jetzt beide weiter nach Leichlingen." Rieke klapperte hörbar mit den Zähnen, „und sehen zu, dass wir ein öffentliches Telefon finden. Dann sehen wir weiter."

„Es ist doch seltsam", resümierte Ulrich, „dass anscheinend noch niemand vor uns die Tote gesehen oder gefunden hat. Immerhin werden wir doch nicht die einzigen Spaziergänger sein, die diesen Weg benutzen."

„Sind uns denn bis jetzt andere Leute begegnet?" fragte Rieke zurück.

„Nein, da hast du recht. Es sieht so aus, als würden die Leute dem Wetter nicht trauen und abwarten, ob es in den nächsten Tagen auch noch schön bleibt, bevor sie sich vielleicht auch mal aus dem Haus bewegen."

Nach wenigen hundert Metern bogen sie links in den Hülser Weg ein und erörterten trotz ihrer Anspannung die Tatsache, dass dieser Hof immer mehr verfiel. Nach knapp zehn Minuten erreichten sie die Ortsgrenze Opladen/Leichlingen und liefen ein Stück in den Ort hinein. Rieke hatte in Erinnerung, dass sich auf der rechten Seite der Sandstraße ein

Telefonhäuschen befand, was sich allerdings als falsch herausstellte. Gott sei Dank war an der Ecke Sternstraße eine Bushaltestelle und der junge Mann, der dort auf einen Bus der Linie 250 wartete, hatte nicht nur ein Handy, sondern ließ Ulrich auch damit telefonieren. Dass der natürlich vor Neugier platzte, den gerade ankommenden Bus fahren ließ und mit den beiden auf die Polizei wartete, verstand sich fast von selbst.

„Notrufstelle Polizei Opladen, Kramman", meldete sich ein Beamter und Ulrich berichtete in kurzen Worten, was Sache war. Der Beamte vergewisserte sich durch zweimaliges Nachfragen, ob er sich wirklich nicht verhört hatte und forderte Ulrich auf, an der Bushaltestelle zu warten. Es würde ein Streifenwagen von der Leverkusener Wache an der Heymannstraße kommen.

Obwohl kein Menschenleben gefährdet war, kam die Polizei dieses Mal äußerst schnell. Offensichtlich hatte man Ulrichs Anruf eine gewisse Dringlichkeitsstufe zugewiesen.

„So, Sie sind also Herr ..."

„Ulrich Seegern", vervollständigte Ulrich die Frage des Beamten.

„... und Sie haben, zusammen mit Ihrer Frau, eine Leiche gefunden."

Rieke ärgerte sich zwar über das arrogante Auftreten des Polizisten, war jedoch viel zu nervös, um näher darauf einzugehen. Sie klapperte immer noch hörbar mit den Zähnen. Die begleitende Polizistin, die anfänglich etwas abschätzend an Rieke rauf und wieder runter geguckt hatte, trat nun auf sie zu: „Guten Tag. Ich bin Polizeimeisterin Jana Schlossmann; Ihnen geht es wohl nicht besonders gut?" fragte sie.

„N-n-n-nein", gab Rieke immer noch zitternd zurück, „vielleicht sind Sie es ja gewöhnt, in eine Pfütze zu treten und zur anderen Seite auf eine Leiche zu gucken..."

„Wie bitte?" Die Beamtin hatte sich zwischenzeitlich über Funk die Personalien von Ulrich und Rieke bestätigen lassen und deshalb den Sachverhalt nicht vollständig mitbekommen. Sie war sichtlich geschockt und wollte sich gerade an ihren Kollegen wenden, als dieser sich umdrehte und meinte: „Am einfachsten ist es, wenn Sie beide sich zu uns in den Wagen setzen. Die von Ihnen beschriebene Stelle können wir mit dem Auto erreichen."

Rieke sah an sich herunter: „So soll ich in Ihr sauberes Auto steigen?" fragte sie zurück.

„Ja", erklärte die junge Polizistin: „Zugegeben, ich habe vorhin auch gedacht: Himmel, wie sieht die denn aus. Nachdem, was wir hier zu hören bekamen, ist es verständlich, dass es momentan etwas Wichtigeres gibt als verdreckte Schuhe. Außerdem lässt sich das Auto sicherlich leichter reinigen als die andere Geschichte zu klären sein wird. Hab' ich so das dumme Gefühl. Kommen Sie, bringen wir es hinter uns!"

Irgendwie wirkten die burschikosen Worte von Jana Schlossmann beruhigend. Rieke hörte endlich auf, mit den Zähnen zu klappern. Ulrich wollte sich wohl selbst beruhigen und teilte noch vor Erreichen des Fundortes dem Polizeiobermeister seine Vermutungen mit: wer, warum und wieso. Allerdings ohne Resonanz.

In der Zwischenzeit war anscheinend niemand des Weges gekommen; alles war genau so, wie sie es vor knapp 30 Minuten verlassen hatten. Auch die Hand ragte noch immer am linken Rand des Erdloches heraus, was die Polizistin veranlasste, sich kurz zu schütteln.

„Es sieht so aus", meinte sie, „als sei die Tote nicht hier umgebracht worden, obwohl der

Regen der vergangenen Tage ganze Arbeit geleistet haben könnte. Es sind weder Spuren eines Kampfes zu sehen, noch Fußabdrücke, die auf die Anwesenheit von wenigstens einer, vielleicht auch zweier Personen schließen ließen. Allerdings weiß man nicht, wie lange sie schon hier liegt."

„Das werden unsere Spezialisten bestimmt feststellen können", erwiderte Polizeiobermeister Klemm. „Rufst du ihn bitte an", wandte er sich an seine Kollegin. „Offensichtlich hat jemand das von dem Bagger da drüben verursachte Erdloch als Ablagebett für die Leiche benutzt. Das passte anscheinend wunderbar."

Noch einmal gaben Ulrich und Rieke ihr Erlebnis zu Protokoll. Sie wurden gebeten, am nächsten Tag auf die Wache zu kommen und warteten dann gemeinsam auf die Spurensicherung und den Polizeiarzt, da Obermeister Klemm sie nach deren Eintreffen nach Hause bringen wollte. Der Polizeiarzt erschien zuerst und meckerte darüber, dass die beiden noch am Tatort standen. Er befürchtete wohl die Zerstörung eventueller Spuren.

„Ob das hier wirklich der Tatort war, wird sich noch herausstellen. Außerdem haben die Herrschaften uns informiert", gab Obermeister Klemm zurück „Ich werde die beiden jetzt nach Hause fahren. Oder wollen Sie verantworten, dass die Dame unterwegs zusammenklappt. Sehen Sie sie sich doch einmal an!"

Rieke machte wirklich nicht den stabilsten Eindruck. Der Polizeiarzt murmelte: „Ist schon recht."

Am nächsten Tag war der Leichenfund natürlich der Aufmacher für Leverkusens lokale

Zeitungen und sämtliche Blätter im Umkreis. Inzwischen hatte man festgestellt, wer die ermordete Frau war und auch, dass sie seit fast zwei Wochen als vermisst galt. Hannelore Dassel hieß sie, war Deutsche, geschieden und arbeitete als Verkäuferin in einer Metzgerei. Ihr Chef hatte sie vor über einer Woche als vermisst gemeldet, weil sie unentschuldigt drei Tage nicht zur Arbeit erschienen war. Er wusste, dass Hannelore Dassel allein lebte und es wahrscheinlich so schnell niemandem auffallen würde, wenn ihr etwas passiert wäre. Hinweise aus der Bevölkerung wurden zum jetzigen Zeitpunkt dringend benötigt.

Wie sie zu Tode kam, hatte der Polizeiarzt inzwischen festgestellt. Als man sie aus dem Erdloch holte, steckte ein Tranchiermesser in ihrem Rücken. Der Mörder hatte mit einem einzigen Stich das Herz getroffen und sie war nach innen verblutet. Die Polizei vermutete, dass ihr mit dem gleichen Messer auch der rechte Ringfinger abgetrennt wurde. Alles deutete auf Raubmord hin. Am Hals der Leiche fand man Spuren, die darauf schließen ließen, dass die Tote eine Kette trug, die der Mörder ihr wahrscheinlich gewaltsam abgerissen hatte.

Klemm, der die zur Aufklärung des Falles gebildete Sonderkommission Baggerloch leitete, äußerte trotz der eindeutigen Hinweise Zweifel. Im Laufe einer Besprechung mit Alois Hengmann, seinem Vorgesetzten, sagte er. „Irgendwie kommt mir das Ganze so konstruiert vor" meinte dieser. „Ich kann mir nicht helfen..."
Klemm nickte: „Ja, ich bin Ihrer Meinung, obwohl ich es nicht begründen kann. Ich werde mir gleich morgen früh den Metzgermeister einmal vornehmen."

„Tun Sie das."

Klemm hatte am folgenden Tag mit seinem Kollegen Jessen zusammen Dienst. Die beiden machten sich auf den Weg nach Wiesdorf und Klemm überlegte, ob er nicht vielleicht auch ein paar Kunden befragen sollte. Es wäre wichtig, über Hannelore Dassel soviel wie möglich zu erfahren. Erkundigungen dieser Art erwiesen sich allerdings immer dann als besonders schwierig, wenn keine Freunde oder Bekannten greifbar waren. Missmutig hielt Klemm vor dem Fleischwarenhandel.

Herbert Ganther, der eine kleine, alteingesessene Metzgerei in der Lichstraße betrieb, kratzte sich nachdenklich am Kopf, als er das vor seinem Geschäft parkende Polizeifahrzeug bemerkte. Sein rundes Gesicht nahm eine unnatürliche Röte an und seine wenigen Haare schienen sich im Nacken zu sträuben. Mit gerade einmal einem Meter und achtundsechzig gehörte er nicht zu den körperlichen Riesen, was er allerdings mit seiner harten Stimme und der Kälte, die aus seinen Augen strahlte, zu kaschieren versuchte.
Er knirschte mit den Zähnen. „Die haben mir noch gefehlt", fluchte er leise vor sich hin und Elke Wellmeister, seine Verkäuferin, sah erstaunt hoch. Sie hatte unter dem Seniorchef als Verkäuferin in diesem Laden gearbeitet und war in Pension gegangen als der Senior sich zur Ruhe gesetzt hatte. Da Herbert Ganthers Verkäuferin seit einigen Tagen nicht zum Dienst erschienen war, hatte Elke Wellmann dem Juniorchef den Gefallen getan, als Aushilfe zu fungieren.
„Was ist?" fragte sie.
„Nichts weiter – bloß mal wieder die Polizei."

„Wieso mal wieder? War die denn schon einmal bei Ihnen? Warum denn?" Die Verkäuferin wirkte etwas irritiert.

„Nein, nein", antwortete Ganther sichtlich nervös, „ich hatte vor geraumer Zeit die Dienststelle in der Heymannstraße aufgesucht, um Hannelore Dassel als vermisst zu melden. Da hat man mir eine Menge unangenehmer Fragen gestellt."

Als Klemm mit einem Kollegen eintrat, blaffte Ganther sofort los: „Was wollen Sie denn hier? Als ich Frau Dassel als vermisst meldete, habe ich Ihnen alles gesagt, was ich weiß. Nämlich nichts. Außerdem könnten Sie wenigstens ein paar Meter weiter weg parken, Sie vergraulen mir ja die Kunden!"

„Wieso vergraulen wir Ihre Kunden, ich habe eher den gegenteiligen Eindruck" grinste Klemm zurück, „so voll war Ihr Laden doch noch nie..." Er wurde aber sofort wieder ernst und sprach weiter: „Wir müssen noch einmal kurz mit Ihnen reden. Es geht nicht um Ihre Vermisstenanzeige, sondern um Mord. Hannelore Dassel ist tot."

Herbert Ganther wechselte schlagartig die Farbe und hielt sich an der Theke fest. „Das kann doch nicht sein!" stammelte er.

„Leider doch. Deshalb kommen wir zu Ihnen; vielleicht können Sie uns zur Person etwas mehr sagen. Sie wollen doch auch, dass der Fall aufgeklärt und vor allen Dingen, dass der Mörder dingfest gemacht wird, oder?"

„Natürlich!" brummte Ganther unwirsch.

„Trotzdem ist es äußerst unangenehm, wenn Sie hier so reinschneien. Kommen Sie mit, wir gehen nach hinten."

Doch die Befragung des Metzgermeisters ergab keine neuen Gesichtspunkte. Polizeiobermeister Klemm und sein Kollege Jessen wollten gerade wieder ins Auto steigen, als sie hinter sich eine Stimme hörten: „Hallo, Sie, Entschuldigung, können Sie mal einen Moment warten?"

Verblüfft sahen die beiden eine vollschlanke Dame mittleren Alters im Laufschritt auf sich zukommen. „Entschuldigung", keuchte sie, „dass ich so einfach hinter Ihnen herrufe, aber..." Sie musste erst mehrmals tief Atem holen, bevor sie weitersprechen konnte. „Also", begann sie noch einmal, „ich bin Hedwig Fehlmann und habe hier im Schlachthaus des Metzgers etwas gefunden", deutete sie mit einer unbestimmten Handbewegung hinter sich. „Ich glaube, das könnte Sie interessieren." Dabei zog sie einen äußerst geschmackvoll gearbeiteten Ring aus ihrer Handtasche, den sie Klemm in die Hand drückte.

„Hm", meinte Klemm, „das ist wirklich ein schöner Ring, aber... ?"

„Er gehört nicht mir", bemerkte die Dame, „so ein Schmuckstück könnte ich mir nicht leisten. Ich bin bloß die Putzfrau vom alten Ganther. Das heißt – ich war die Putzfrau."

Klemm und Jessen sahen sich an. „Sie waren die Putzfrau vom alten Ganther?" tönte es von beiden im Duett.

„Ja. In der vergangenen Woche hat der mich Junior, der das Geschäft jetzt leitet, rausgeschmissen. Angeblich habe ich die Kacheln im Schlachthaus nicht sorgfältig genug abgewaschen. Das stimmt aber nicht!", empörte sie sich noch im Nachhinein. „Im Gegenteil, ich habe mich bemüht, auch die Blutspuren, die fast bis zur Decke hochgespritzt waren, zu beseitigen. Das ist mir aber nicht vollständig gelungen, weil Ganther mir keine Leiter hingestellt hatte. Und als ich dann noch gesagt habe, dass es da drin aussehen würde, als habe man einen Menschen abgeschlachtet. Dabei habe ich das doch bloß nur so dahingesagt, weil alles so gesagt, weil alles so furchtbar versaut war. Da hat er mich kurzerhand rausgeschmissen. So war das! Sie glauben mir das doch, oder?" Aufatmend hatte sie den Satz beendet und die beiden Polizisten versuchten gleichzeitig, die aufgebrachte Dame zu beruhigen.

„Natürlich glauben wir Ihnen. Beruhigen Sie sich erst einmal. Wir müssen natürlich Ihre Aussage aufnehmen und wenn es Ihnen nichts ausmacht, können Sie jetzt mit uns zur Wache fahren. Dort notieren wir Ihre Personalien und fertigen gleich das Protokoll an. Andernfalls müssten Sie morgen früh vorbeikommen. Wenn Sie jetzt Zeit haben, nehmen wir Sie mit dem Auto mit."

Ein wenig misstrauisch nickte sie, lächelte unsicher und berichtete: „Über sieben Jahre habe ich in der Metzgerei geputzt. Unter dem Senior war es auch ein schönes Arbeiten, aber der junge Chef... furchtbar. Dazu kommt, dass er seine Hände nicht von den Frauen lassen kann." Immer noch kopfschüttelnd stieg sie in den Streifenwagen.

Norbert Klemm setzte sich hinters Steuer, ließ den Wagen an und fuhr los. Mit einem Seitenblick auf Konrad Jessen murmelte er: „Det is ja ´n Ding! Jetzt fehlt uns zu diesem Ring eigentlich nur noch der passende Finger."

In der Zwischenzeit hatte die Spurensicherung am Fundort der Leiche das gesamte Umfeld abgegrast und am Rande des Bracklochs, allerdings auf der anderen Seite, den fehlenden Finger gefunden. Er wurde umgehend an die Gerichtsmedizin weitergeleitet.

Die Leiche lag derweil in der Pathologie und Dr. Restleben begann mit der Untersuchung. Er setzte den üblichen Y-Schnitt an, bei dem der Körper eines Toten in der Form dieses

Buchstabens vom Brustbein bis zum Scham-
bein geöffnet wird.

In diesem Moment stürmten Klemm und Jessen in den Raum.

„Dr. Restleben", krakelte Jessen los, „wir haben gehört, dass der Finger gefunden ist. Haben Sie ihn schon bekommen?"

Restleben nickte, nahm das angeknabberte
Fragment in die Hand, hielt es hoch und erwiderte: „Hm, sieht aus, als hätte sich schon
ein Tier dran gütlich getan. Trotzdem, passt!
Na wunderbar, sogar der Fingernagel ist noch
identifizierbar."

„Jetzt müssen wir bloß noch rauskriegen,
wann unsere Dame getötet wurde und wie
lange sie da schon rumgelegen hat."

„Dem allgemeinen Zustand nach zu urteilen",
meinte Restleben, „liegt die Tat nicht länger
als drei Tage zurück und in dem Erdloch befand sie sich schätzungsweise 48 Stunden.
Genau kann ich es erst nach Abschluss der
gesamten Untersuchung sagen. Ich rufe Sie
an", meinte er. Dann zog er seine blutigen
Handschuhe aus und holte sein Brötchen aus
der Aktentasche. Mit einem Ruck schwang er
sich auf einen freien Seziertisch und begann
genüsslich zu essen.

Jessen kämpfte mit einem leichten Übelkeits-
gefühl und Klemm schluckte: „Danke, Dr.
Restleben, wir warten dann auf Ihren Be-
scheid." Schnell machten sie sich aus dem
Staub.

„Jetzt müssen wir nur noch den Mörder finden", bemerkte Klemm, während er sich in
Richtung Willy-Brandt-Ring aufmachte, um
zur Heymannstraße zurückzufahren.

„Und das Motiv", antwortete Jessen seufzend,
„Jana Schlossmann und Gernot Hilcher haben sich um das Umfeld unserer Verbliche-
nen gekümmert. Dabei hat weder die Woh-

nung der Toten irgendwelche Hinweise ergeben, noch haben die Nachbarn etwas
Brauchbares erzählen können, was Rück-
schlüsse auf den Täter oder Hintergründe
zuließe. Ich bin fast geneigt, mir noch einmal
Hedwig Fehlmann, die Putzfrau, vorzuneh-
men. Und, was äußerst seltsam ist, Hannelore Dassel wurde vor fast zwei Wochen von
ihrem Chef als vermisst gemeldet. Wie es aussieht aber erst vor rund drei Tagen ermordet.
Außerdem findet die Putzfrau einen Ring, der
vermutlich der Toten gehörte. Zwei entschei-
dende Fragen!"
Klemm nickte nur: „Deren Beantwortung
noch aussteht. Komm, wir fahren mal bei
Frau Fehlmann vorbei. Vielleicht ist sie ja zu
Hause."
Klemm bog in die Heymannstraße ab, doch
anstatt zur Wache zu fahren, lenkte er den
Wagen auf der anderen Seite wieder heraus
und fuhr nach Opladen.

Hedwig Fehlmann bewohnte drei Zimmer im
Erdgeschoss eines Hauses an der Roberts-
burg und war erstaunt, die beiden Polizeibe-
amten noch einmal zu sehen. Bereitwillig öffnete sie aber die Tür. „Wissen Sie", meinte
sie, „ich habe einen solchen Zorn auf diesen
Ganther, dass ich ihm liebend gern die Pest
an den Hals wünschen würde. Bloß – es nützt
ja nichts. Pest ist inzwischen heilbar!"
Klemm und Jessen konnten sich ein Grinsen
nicht verkneifen, wurden dann aber gleich
wieder ernst. „Frau Fehlmann", sagte Jessen,
„den Ring, den Sie uns brachten, gehörte
Hannelore Dassel. Wussten Sie das? Sie hatten uns gesagt, dass und wo sie ihn gefunden
hatten, nicht aber, ob sie auch wussten, wem
er gehörte."

„Nein", wunderte sich die ehemalige Putzfrau, „das wusste ich nicht. Ich kann mich aber an etwas anderes erinnern. Ganther hatte vor ungefähr zwei Wochen einen bösen Streit mit seiner Verkäuferin. Sie hatte im vorgeworfen, die Kundschaft zu betrügen, indem er Wasser ins Hackfleisch mischen würde. Außerdem würde er Fleisch von einem dubiosen Billiganbieter beziehen und es als „Bio" vermarkten."

„Interessant! Das ist, vor allem bei der heutigen Sensibilität der Kunden, ein Motiv."

Klemm wiegte den Kopf nachdenklich hin und her. „Hm, es *wäre* ein Motiv, aber ich kann mir nicht vorstellen, dass man dafür einen Menschen umbringt."

„Glaubst du? Es sind schon Leute für einen halben Euro gestorben."

„Stimmt. Trotzdem gefällt mir an der Geschichte etwas nicht. Ich weiß nur noch nicht, was. Doch zunächst einmal vielen Dank Frau Fehlmann. Sie haben uns sehr geholfen."

Aufatmend schloss die Putzfrau ihre Tür hinter den beiden Polizisten.

Nachdenklich startete Klemm den Wagen und fuhr in Richtung Wiembachallee. „Ich glaube, ich setze mich mal mit dem Verbraucherschutz in Verbindung. Vielleicht sehen wir dann klarer."

„Was hoffst du denn dort zu hören?"

„Vielleicht, dass Hannelore Dassel ihn angezeigt hat. Und er daraufhin bitterböse Rache übte. Ich weiß auch nicht so genau..."

Umso überraschter waren beide, als sie erfuhren, dass eine solche Anzeige vorlag. Allerdings nicht von Hannelore Dassel, sondern erstaunlicherweise von Hedwig Fehlmann. Sie beschuldigte ihren Chef und seine Verkäuferin in genau den Punkten, die sie der Polizei genannt hatte. Verblüfft und misstrauisch geworden, holten die beiden weitere Auskünfte ein. Unter anderem prüften sie das Bankkonto von Hedwig Fehlmann. Vor zwei Wochen, am Tag als Ganther seine Verkäuferin als vermisst gemeldet hatte, wurden auf dieses Konto 6.000 Euro in bar eingezahlt. Drei weitere Zahlungen in gleicher Höhe, aber mit unterschiedlichen Namen der Einzahler, wurden ihrem Konto in Abständen von jeweils zwei Tagen gutgeschrieben. Woher und warum bekam eine Putzfrau plötzlich soviel Geld?

„Ich glaube", seufzte Klemm, „unsere biedere Bodensachbearbeiterin sollten wir uns noch einmal ganz genau ansehen."

Jessen nickte nur. „Also, fahren wir."

Mehr erschrocken als verblüfft öffnete Hedwig Fehlmann am nächsten Morgen die Tür und bat die Polizisten nur widerstrebend in die Wohnung. Ihre Hände zitterten und sie rang sichtlich um Fassung. Überall lagen Kleidungsstücke herum und ein geöffneter Koffer stand auf dem Fußboden.

„Wollen Sie verreisen?" fragte Klemm.

„Nach all den Aufregungen muss ich einmal ein paar Tage ausspannen. Ich fahre nach Hüvede zu meiner Schwester. Das liegt im Emsland", fügte sie erklärend hinzu.

„Ich muss noch einmal auf den Ring zurück kommen, Frau Fehlmann. Sie sagten, Sie hätten ihn im Schlachthaus gefunden?"

„Ja."

„Warum haben Sie ihn nicht bei Herrn Ganther oder der Polizei abgegeben? Verstehen Sie, Frau Fehlmann", wurde Klemms Stimme unversehens hart, „das ist doch sehr ungewöhnlich, oder?"

Hedwig Fehlmann schluckte: „Nun, ich war...
ich bin wegen meiner Entlassung nicht son-
derlich gut auf Ganther zu sprechen und da
habe ich eben die Gelegenheit genutzt, als Sie
am Geschäft auftauchten, Ihnen diesen Ring
zu geben."

Klemm schüttelte den Kopf und eine vage
Vorstellung nahm in seiner Phantasie Gestalt
an. Er lehnte sich weit aus dem Fenster, als
er Hedwig Fehlmann plötzlich mit seinem
ungesicherten Verdacht konfrontierte.

„Nein, Frau Fehlmann, Sie haben nicht auf
diese Gelegenheit gewartet, sondern Sie
mussten den Ring unbedingt loswerden.
Dummerweise haben Sie ihn nicht einfach
weggeworfen, sondern erst einmal gesäubert.
Er war blutverschmiert, weil Sie, jawohl Sie,
Frau Fehlmann, Hannelore Dassel ermordet
haben!"

Sie verlor die Farbe. „Nein! Ich war es nicht."

Aha! Der Versuch hatte sich gelohnt und
Klemm legte nach.

„Woher stammen die insgesamt vier mal
sechstausend Euro, die in Raten seit dem
Tag, als Ganther seine Verkäuferin als vermisst gemeldet hatte, bar auf Ihr Konto eingezahlt wurden?"

Stammelnd versuchte Hedwig Fehlmann noch
einige Ausflüchte, wobei sie sich dann völlig
verheddert. „Ich, ich, ich brauchte das Geld.
Ich habe mitbekommen, dass Ganther es der
Dassel als Schweigegeld dafür bezahlt hatte,
dass sie ihn nicht beim Verbraucherschutz,
womöglich noch bei der Fleischerinnung und
dem Gewerbeaufsichtsamt anschwärzte. Daraufhin habe ich sie angebettelt, sie solle mir
doch helfen. Ich wollte ihr das Geld zurück-
zahlen, in Raten. Ich brauchte es doch so
dringend."

„Wofür?" Die schneidende Kälte in Klemms Worten ließ Hedwig Fehlmann zusammen zucken „Warum haben Sie dann doch Anzeige erstattet?"

„Aus Rache, weil der Junior mich immer so abkanzelte. Und das Geld brauchte ich für Oliver, meinen Sohn; er hatte hohe Spielschulden und nahm Heroin."

Jessen seufzte. „Schon wieder einer!"

Klemm sah vor sich auf den Boden, als böte sich dort die Lösung des Falles. „Kann es sein, Frau Fehlmann, dass nicht Sie sondern Ihr Sohn Hannelore Dassel umgebracht hat? Hatten Sie ihm von den Unregelmäßigkeiten in der Metzgerei erzählt und er sah eine Chance, durch Erpressung zu Geld zu kommen? Doch der Plan Ihres Sohnes ging nicht auf und er brachte sie um. Wenn es so war, warum hat er sie nicht sofort getötet, sondern erst fast zwei Wochen nach ihrem Verschwinden?"

Hedwig Fehlmann schluckte. „Es stimmt, dass er versuchte, sie zu erpressen, nachdem ich ihm von dem Streit, den ich belauschte, erzählt hatte. Sie lachte ihn aus und nannte ihn einen Versager. Daraufhin hat Oliver die Nerven verloren, sie geknebelt, in unser Haus gebracht und in den Keller gesperrt. Ich wusste nichts davon. Und dann", stieß sie hörbar ihren Atem aus", konnte er sie nicht mehr gehen lassen. Sie hätte ihn ins Gefängnis gebracht. Da hat er sie eben weggeschafft... Am vergangenen Wochenende, bevor es in der Zeitung stand, hat er es mir erzählt."

„Eben weggeschafft...! Kommen Sie, Frau Fehlmann, bringen Sie uns zu ihrem Sohn. Er ist doch im Haus?"

„Ich wollte ihn nur beschützen. Er war ein guter Junge. Nur schwach!"

Weinend ging sie zum Ende des Flures und

öffnete die Tür zu Olivers Zimmer. Bleich und ausgezehrt lag der junge Mann auf dem Bett. Die Kerzen und Blumen um ihn herum gaben seinem Gesicht im Tod jenen friedlichen Ausdruck, den es im Leben niemals hatte.

Der Tod meines Bruders

von Stefan Zenker

Der Brief kam per Einschreiben. Ich bekomme nie Post per Einschreiben. Heute war es das erste Mal.

Neugierig geworden, um was es sich handeln könnte, schaute ich mir den Umschlag genauer an. Er war eindeutig an mich adressiert. Aber das hatte der Briefträger schon festgestellt.

Der Absender war mir nicht unbekannt. Es handelte sich um die Anwaltskanzlei Blum, Witte und Schneitberger. Sie betrieben ihr Büro im Hederichsfeld 19a in Opladen. Es war, wenn ich mich recht erinnerte, eine der renommiertesten Anwaltskanzleien in Leverkusen und vertrat die Interessen meiner Eltern über viele Jahre hinweg.

Ich hatte meine Kindheit und Jugend in Leverkusen verbracht, war aber nach dem Abitur auf dem Landrat-Lucas-Gymnasium zum Studium nach München gegangen und dann in dieser Stadt sesshaft geworden.

Meine Eltern, Karl und Ellen Wiehbach, sowie mein Bruder Meinolf lebten weiterhin in Leverkusen auf Gut Wiehbach.

Nach dem Tod meiner Eltern erbte mein Bruder das Gut und ich einen beträchtlichen Geldbetrag, der mir ein sorgenfreies Leben ermöglichte. Dennoch verbrachte ich meine Zeit nicht tatenlos. Ich liebte das Schreiben bereits als Kind, und so war es nur selbstverständlich, dass ich alles tat, um Schriftsteller zu werden. Nach 10 Jahren hatte ich es geschafft und lag damit weit über dem Durchschnitt derer, die mit dem Schreiben tatsächlich Geld verdienen und davon leben können. In den nächsten Tagen sollte ein weiteres Buch von mir veröffentlicht werden.

Im Laufe der Jahre hatte ich den Kontakt zu meinem Bruder verloren, weil unsere Ansichten seit frühester Kindheit unterschiedlicher nicht hätten sein können.

Wir verstanden uns einfach nicht und sprachen immer weniger miteinander.

Nach dem Tod unserer Eltern hatten wir gar keinen Kontakt mehr. Eine Ähnlichkeit gab es dennoch. Wir hatten nie die Frau fürs Leben gefunden und geheiratet. Nicht, dass wir keine Beziehungen gehabt hätten, sie hielten nur nie sehr lange. Meinolf war inzwischen 39, ich 37 Jahre alt.

Ich riss mich von meinen Gedanken los und öffnete den Brief.

Das Schreiben war auf teurem Papier verfasst. Das sah ich auf den ersten Blick. Ich faltete den Brief auseinander und begann zu lesen.

Sehr geehrter Herr Wiehbach,
zu unserem Bedauern müssen wir Ihnen mitteilen, dass Ihr Herr Bruder, Meinolf Wiehbach, in der Nacht zum 31.03.2003 verstorben ist.
Die genauen Umstände über das Ableben Ihres Bruders sind noch nicht geklärt. Bitte entschuldigen Sie, dass wir Sie erst jetzt schriftlich über diesen traurigen Umstand in Kenntnis setzen können, doch hatten wir gewisse Schwierigkeiten, Sie ausfindig zu machen.
Unsere Kanzlei bittet Sie, sich nach Erhalt dieses Schreibens mit uns in Verbindung zu setzen, da einige Formalitäten geregelt werden müssen.
Wir hoffen, bald möglichst von Ihnen zu hören und verbleiben

mit freundlichen Grüssen
Blum, Witte und Schneitberger

Ich las den Brief mindestens ein halbes Dutzend Mal. Dann begann ich langsam zu begreifen. Mein Bruder war tot. Gestorben. Mein großer Bruder. Einfach so gestorben. Ich hatte ihm nicht zur Seite stehen können. Trotz allem wäre ich gerne bei ihm gewesen, als er starb. Das spürte ich genau.

Ich musste mich setzen, denn meine Beine drohten ihren Dienst zu versagen. Kraftlos und mittlerweile am ganzen Körper zitternd, ließ ich mich auf mein Sofa im Wohnzimmer fallen. Ein Schluchzen entrann meiner Kehle und spiegelte das ganze Elend wider, in dem ich mich plötzlich befand. Jetzt war ich ganz allein. Ich war der letzte Wiehbach. Verwandte gab es keine mehr.

Verdammt. Hätte ich doch nur Kontakt gehalten. Ich bereute. Jetzt war es zu spät. Tränen stiegen in mir auf. So langsam begriff ich die folgenschweren Zeilen.

Ich musste ruhig bleiben. Was war jetzt zu tun? Ich überlegte.

Dann entstand ein Plan in meinem Kopf, der so simpel und so klar war, als hätte er nur darauf gewartet, von mir abgerufen zu werden.

Ich ging in die Diele meiner Eigentumswohnung, wo ich von einem kleinen antiken Tisch das Telefon nahm und mich zurück ins Wohnzimmer begab. Als ich wieder Platz genommen hatte, wählte ich die Nummer der Kanzlei in Opladen.

Beim zweiten Klingelton wurde abgehoben und eine angenehme weibliche Stimme meldete sich: "Kanzlei Blum, Witte und Schneitberger. Schönen guten Tag. Wie können wir ihnen helfen?"

„Torben Wiehbach hier. Ich habe heute ein Schreiben von Ihnen bekommen...."

„Ja, natürlich", unterbrach mich die Frauen-
stimme am anderen Ende der Leitung. „Ich
verbinde Sie sofort. Moment bitte." Dann war
die Verbindung für einen Moment unterbrochen.
Ein leises Knacken zeigte mir, dass die Verbindung wieder hergestellt wurde.
„Carlo Blum. Schön, von Ihnen zu hören,
Herr Wiehbach. Traurige Sache, das mit Ihrem Bruder. Aber es war abzusehen, dass es
so oder so ähnlich mit Ihrem Bruder enden
würde."
„Wie soll ich das verstehen? War mein Bruder
krank?"
Der Anwalt antwortete nicht. Ich hatte das
Gefühl, als ob mein Gesprächspartner schon
mehr gesagt hatte, als er eigentlich wollte.
Dann antwortete er: "Das würde ich nicht
unbedingt sagen. Aber wenn Sie mehr erfahren wollen, müssen Sie mit meinem Kollegen
Witte sprechen. Der ist allerdings erst morgen
wieder im Haus."
„Gut", erwiderte ich, "dann tragen Sie mir
bitte einen Termin für zwölf Uhr ein. Ich werde persönlich da sein."
Dann legte ich auf, ohne mich zu verabschie-
den.
Die Worte des Anwalts hatten bei mir die A-
larmglocken schrillen lassen. Was war mit
meinem Bruder geschehen? Wie war er gestorben? Je länger ich über den Tod von Meinolf nachdachte, desto verworrener wurde
alles. Diese vagen Andeutungen machten
mich nicht ruhiger.
Ich musste nach Leverkusen fahren. Und
zwar sofort. Ich packte schnell ein paar Sachen zusammen und machte mich auf die
Reise in meine Heimatstadt. Vom Auto aus
reservierte ich ein Zimmer im Ramada-Hotel.

Was würde mich erwarten? Ich würde es erfahren. Da war ich mir ganz sicher, ob ich es wissen wollte oder nicht.

Nach knapp sechsstündiger Fahrt kam ich müde und erschöpft in Leverkusen an. Ich checkte im Ramada-Hotel ein und begab mich sofort auf mein Zimmer. Ich duschte ausgiebig und zog frische Sachen an.
Ein Blick auf meine Uhr sagte mir, dass es fast 19 Uhr war. Ich hatte seit fast zehn Stunden nichts mehr gegessen. Da ich heute nichts Großartiges mehr unternehmen wollte, ging ich zu Fuß in die City von Wiesdorf.
Seit meinem letzten Besuch in Leverkusen hatte sich fast alles verändert. Die Farben zumindest. Ich hatte das Gefühl, als ob ich in der Provinz gelandet wäre. Die Fußgängerzone wirkte klein und eng auf mich. Aber was sollte man anderes erwarten, wenn man in München lebte und die Passagen dort größer waren.
Mein Magen knurrte. Ich erinnerte mich, dass es früher einen hervorragenden Spanier namens El Bodegon gegeben hatte. Meine Freude war groß, als ich feststellte, dass es das Lokal immer noch gab. Hungrig betrat ich das Restaurant und setzte mich an einen freien Tisch.
Die Bedienung kam prompt und überreichte mir die Speisekarte. Ich bestellte vorab einen halben Liter Sangria. Dann wählte ich einen Salat nach Art des Hauses, die große Portion, und als Hauptspeise Lammkoteletts mit spanischen Kräutern und Kroketten. Vor dem Salat wurden diese kleinen Brötchen gebracht, die, wenn man nicht aufpasst, schon vor dem eigentlichen Essen satt machen. Aber das war mir heute egal. Ich hatte das Bedürf-

nis, mich richtig vollzufuttern. Das tat ich immer, wenn ich unter Druck geriet.

Am nächsten Morgen wachte ich etwas desorientiert auf. Wenig später kam die Erinnerung zurück. Ich befand mich in Leverkusen und gleich rankten sich meine Gedanken um Meinolf. Mein Magen krampfte sich zusammen und ich atmete einige Male tief durch, um wieder zur Ruhe zu kommen.
Ich hätte nie gedacht, dass mich Meinolfs Tod so aufwühlen würde. Ich kam zu dem Schluss, dass es daran lag, weil mein Bruder das letzte Familienmitglied gewesen war. So war es also, wenn man als letztes Kind einer vor Jahren glücklichen Familie zurückblieb.
Ich duschte schnell und zog mich an.
Um kurz nach 10 Uhr begab ich mich zu meinem Auto und fuhr in Richtung Opladen.
Als ich die Kölner Straße hinunterfuhr, fiel mir sofort auf, dass die Baulücken größtenteils geschlossen worden waren. Ich bog an der Ampel nach links ab auf den Opladener Platz, um schließlich auf dem Marktplatz zu parken. Ich zog ein Parkticket und ging in die City.
Es begann, als ich die Fußgängerzone betrat. Hatte ich etwas an mir, dass alle Leute mich so merkwürdig ansahen? Oder war ich einfach nur angespannt? Ich hatte das Gefühl, dass mich alle von der Seite anstarrten oder aus den Augenwinkeln beobachteten. Verdammt. War da irgendetwas, was ich vielleicht wissen sollte? Nach einigen Minuten hielt ich es nicht mehr aus. Ich ging geradewegs zur Kanzlei Blum, Witte und Schneitberger.
Eigentlich hatte ich vorgehabt, ordentlich zu frühstücken. Aber dabei wollte ich nicht an-

gestarrt werden. Darauf konnte ich gut und gerne verzichten.

Im Hederichsfeld 19a drückte ich die Klingel der Kanzlei und sofort wurde der Summer betätigt. Ich betrat das Haus und als die Tür ins Schloss fiel, blieben alle Geräusche der Straße zurück.

Die Anwaltskanzlei lag im ersten Stock des Hauses. Die Sekretärin erwartete mich an der Tür. Hatte sie hinter den Gardinen nach mir Ausschau gehalten? Nein, dass konnte nicht sein. Schließlich betrat ich fast eine Stunde vor dem vereinbarten Termin das Büro. Sie konnte mich nicht erwartet haben, oder war da doch etwas Lauerndes in ihrem Verhalten? Ich verwarf diesen Gedanken. Ich sollte mich auf wichtigere Dinge konzentrieren. Und das war der Tod meines Bruders und die Umstände seines Ablebens.

Ich wurde sofort in das Arbeitszimmer von Frederick Witte gebracht. Das Büro war genauso eingerichtet wie es sich für eine alteingesessene Kanzlei gehörte. Schwere alte Schränke, die mit Fachliteratur vollgestopft waren, standen an den Wänden. An den freien Stellen hingen Stiche von Jagden und sonstigen Szenen, die ich so schnell jedoch nicht erkennen konnte. Mit einem freundlichen Lächeln empfing mich der alte Anwalt. Alt deshalb, weil die Partner schon alt waren, als mein Vater die Kanzlei das erste Mal betreten hatte, als es Probleme mit einem Kunden gab, und waren nicht alle Menschen alt, wenn man, wie ich damals, erst 7 Jahre alt war?

Der Anwalt war aufgestanden und um seinen Schreibtisch herum mit ausgestreckten Armen auf mich zugekommen.

„Herr Wiehbach", begann er, sobald er meine Hand ergriffen hatte, „wie schade, dass wir uns unter solch traurigen Umständen wiedersehen."

Zu seiner Sekretärin gewandt sagte er: "Danke, dass wäre alles. Bitte keine Telefongespräche durchstellen. Ich bin in einer Besprechung."

Die Sekretärin nickte und schloss leise die Tür.

Wir schüttelten einander die Hände und schauten uns an.

„Möchten Sie etwas trinken? Kaffee vielleicht, oder etwas anderes?"

Ich schüttelte den Kopf.

„Na gut. Aber setzen Sie sich doch."

Dann erst ließ er meine Hand los. Ich setzte mich auf den Stuhl vor dem Schreibtisch, der mit Akten übersät war. Frederick Witte nahm hinter seinem Tisch Platz.

Ich sagte: "Ich habe gestern Ihr Schreiben erhalten und danach ein Telefonat mit ihrem Kollegen Blum geführt. Er deutete an, dass es so ja kommen musste mit meinem Bruder. Was hat das zu bedeuten?"

Ich schaute meinem Gegenüber fest in die Augen. Zumindest versuchte ich es, doch der Anwalt wich meinem Blick aus.

Witte suchte scheinbar nach den richtigen Worten.

„Wie soll ich es Ihnen erklären", begann er dann. „Ihr Bruder lebte in den letzten Jahren sehr zurückgezogen. Die Arbeit auf dem Gut litt nicht darunter. Er hatte seine Angestellten, die die Arbeit erledigten.

Allerdings kümmerte er sich immer weniger um den Hof. Manchmal sah man Meinolf tagelang nicht. Herr Brugger, der Vorarbeiter, kümmerte sich um alles. Es fehlte an nichts. Dann entließ Ihr Bruder vor knapp zwei Monaten plötzlich alle Angestellten und verkaufte das gesamte Vieh für einen Spottpreis. Er verriegelte das Eingangstor und verließ das Anwesen nur noch durch einen Seiteneingang.

Spaziergänger sahen ihn ab und zu durch die Wälder in und um Wiehbach herumstreifen. Anscheinend war er darauf bedacht, niemandem zu begegnen. Er schien dabei Selbstgespräche zu führen und machte einen heruntergekommenen Eindruck. Mir kamen derartige Gerüchte ungefähr vier Wochen vor seinem Tod zu Ohren.

Da ich früher mit Ihrem Vater sehr gut befreundet war, sah ich es als meine Pflicht an, nach Ihrem Bruder zu sehen. Ich fuhr raus in die Wiehbach und hielt vor dem verschlossenen Tor. Es dauerte fast eine halbe Stunde, bis Ihr Bruder auf mein Rufen und Klopfen reagierte. Er öffnete eine kleine Luke in dem großen Tor und erkannte mich sofort. Ich gab meiner Besorgnis Ausdruck und fragte ihn nach den Gerüchten, die über ihn in der Stadt im Umlauf wären. Sie wissen vielleicht noch, wie sehr Leverkusen ein Dorf sein kann.

Meinolf tat alles mit der Bemerkung ab, dass diese Gerüchte von den schwarzen Männern in Umlauf gebracht worden seien, um ihn vom Hof zu vertreiben. Was das denn für „schwarze Männer" seien, fragte ich ihn.

Er schrie mich daraufhin an, ich solle nicht so verdammt freundlich tun. Ich wäre schließlich einer von ihnen. Und ich solle mich zum Teufel scheren. Da käme ich schließlich gerade her. Dann knallte er die Luke wieder zu und ich konnte hören, wie er sich auf der anderen Seite fluchend entfernte. Das war das letzte Mal, dass ich Ihren Bruder lebend sah."

Frederick Witte hielt inne und sah mich an.

Ich musste das Gehörte erst einmal verdauen. Mein Mund war so ausgetrocknet, als ob ich schon tagelang durch die Sahara gelaufen wäre, ohne einen Tropfen Wasser zu mir genommen zu haben.

Daher sagte ich: "Ich könnte jetzt vielleicht doch einen Schluck Wasser vertragen."

„Aber selbstverständlich." Der Mann betätigte die Gegensprechanlage und verlangte nach Wasser und Kaffee. Die Getränke wurden umgehend gebracht.

Als ich meinen Durst gelöscht hatte, fragte ich den Anwalt: "Wollen Sie andeuten, dass mein Bruder verrückt geworden war oder sich zumindest auf dem Weg dorthin befand?"

Witte antwortete nicht sofort. Es schien, als ob er nach den richtigen Worten suchen würde. Dann sagte er: "Ich würde nicht gerade behaupten, dass er verrückt geworden zu sein schien. Aber irgendetwas schien ihn zu beunruhigen oder zu ängstigen. Die Andeutung über die schwarzen Männer ließ tatsächlich auf irgendeine merkwürdige Stimmung hindeuten. Er schien mir verwirrt zu sein. Mehr nicht. Und was die Gerüchte angeht: Es war schließlich nur Gerede. Und Beschwerden über Ihren Bruder gab es nicht. Deshalb tat ich alles als harmlose Spinnerei ab. Es war ein Fehler, wie ich im Nachhinein gestehen muss. Und das macht mir sehr zu schaffen."

Das Gespräch schien ihn eine Menge Kraft gekostet zu haben. Müde fuhr er sich mit beiden Händen über das Gesicht und durch die grauen Haare.

Zitternd griff er nach seiner Tasse Kaffee und trank einen Schluck.

In meinem Kopf drehte sich alles. Ich versuchte meine Gedanken zu ordnen. Mein Bruder verrückt? Das konnte ich mir beim besten Willen nicht vorstellen. Eine Frage interessierte mich brennend. Und ich hatte das Gefühl, dass Frederick Witte hoffte, dass ihm diese Frage nicht gestellt werden würde. Doch diesen Gefallen konnte ich ihm nicht tun.

„Aber, Herr Witte, ich würde doch noch ganz gerne wissen, wie mein Bruder eigentlich zu Tode gekommen ist."

Der Anwalt schaute mir das erste Mal direkt in die Augen.

„Er hat sich erhängt."

Erhängt. Mein Bruder hatte Selbstmord begangen. Warum nur? Ich konnte mir beim besten Willen nicht vorstellen, was jemanden dazu treiben konnte, sich das Leben zu nehmen. Natürlich liest man immer wieder davon, wenn sich der eine oder andere selbst ein Ende setzt. Aber darüber nachgedacht, warum dies geschah, das hatte ich nicht. Selbstmord war irgendwie unwirklich. Und bei meinem Bruder wirkte es noch unwirklicher. Schließlich hatten uns unsere Eltern gut situiert und mit einem gesunden Selbstvertrauen auf dieser Welt zurückgelassen. Außerdem waren wir Katholiken. Nein, das konnte nicht sein. Mein Bruder schied nicht einfach so aus dem Leben. Dafür war er auch schon in jungen Jahren eine zu starke Persönlichkeit gewesen. In der Schule hatte er seiner Klasse immer als Klassensprecher vorgestanden und die Interessen seiner Mitschüler erfolgreich vertreten. Ich dagegen hatte mit solchen Dingen weitaus weniger am Hut.

Auch später, als er in die Oberstufe ging, engagierte sich mein Bruder in der Schülerversammlung und war Oberstufensprecher. Meinolf liebte sein Leben und die Verantwortung seines Daseins.

Ich hingegen schwamm weiter in der Menge mit und machte ohne viel Aufsehen das Abitur, das mein Bruder selbstverständlich ebenfalls erfolgreich bestanden hatte.

Meinolf interessierte sich für Biologie, Chemie und Physik. Ich hingegen für Deutsch, Literatur und Sport.

Wahrscheinlich erschlossen sich aus diesem Grund unterschiedliche Freundeskreise. Meinolf traf sich mit Freunden und Schulkameraden bei uns zuhause, um irgendwelche Versuche und Experimente durchzuführen. Mich trieb es immer wieder in die Wälder, die zu unserem Gut gehörten. Ich trieb stundenlang Sport oder machte mit meinen Freunden ausgiebige Spaziergänge.

Hatten wir uns während der Schulzeit kaum etwas zu sagen gehabt, so verstärkte sich dies, als ich mit meinem Studium in München begann. Wir sahen uns nur noch zu Weihnachten oder anlässlich der Geburtstage unserer Eltern.

Mein Bruder studierte irgendwas mit Landwirtschaft an der Universität Köln. Für ihn und unsere Eltern war klar, dass er eines Tages den Hof übernehmen würde. Neid hatte ich nie verspürt.

Ich war mittlerweile wieder im Hotel angekommen. Frederick Witte hatte mir den Schlüssel für das Anwesen gegeben. Die Polizei hatte sie ihm überlassen, als sie erfahren hatte, dass ich in der Kanzlei eintreffen würde. Sie wollten ein Gespräch mit mir führen und den Fall dann abschließen.

Ich bestellte mir das Mittagessen auf mein Zimmer. Auf heimliche Blicke hatte ich keine Lust mehr. Es war mittlerweile früher Nachmittag und ich schmiedete nach dem Essen einen Plan für den nächsten Tag.

Dann sank ich müde auf mein Bett und schlief bis zum nächsten Morgen durch.

Am nächsten Morgen war ich früh auf den Beinen. Vierzehn Stunden ununterbrochener Schlaf hatten mich erfrischt. Gutgelaunt nahm ich mein Frühstück zu mir.

Dann machte ich mich auf, um der Vergangenheit ins Auge zu sehen. Weil es Samstag war, erwachte die Stadt nur langsam. Ich kam schnell voran und fuhr auf der Alkenrather Straße Richtung Wiehbach. Da ich mir nicht mehr ganz sicher war, wann ich abbiegen musste, um zum Gut zu gelangen, drosselte ich die Geschwindigkeit. Trotzdem hätte ich die Einfahrt zum Kleinheider Weg fast übersehen. Schrittfahrend versuchte ich, mir bekannte Punkte zu entdecken. Doch auch hier hatte sich während meiner Abwesenheit viel verändert. Einiges kam mir bekannt vor. Das meiste jedoch war mir fremd.

Ohne Ankündigung ging der Kleinheider Weg in eine Schotterstraße über. Das musste, wenn ich mich richtig erinnerte, der Hauptweg sein. Jetzt ging es knapp fünfhundert Meter geradeaus, bis der Weg einen Bogen machte und das Gut in Sicht kam. Genau so war es.

Vor dem Tor war ein großer runder Platz angelegt. Mein Vater hatte den Platz anlegen lassen, damit man mit einem Anhänger besser hantieren und selbst rückwärts auf den Hof fahren konnte.

Als Kinder hatten wir den Platz die meiste Zeit als Spielstätte genutzt. In der Regel zum Fußballspielen.

Ich stellte den Wagen auf dem Platz vor dem Tor ab und stieg aus. Eine herrliche Stille umgab mich. Die Ruhe lernt man erst richtig schätzen, wenn man wie ich mitten in der Stadt lebte.

Ein leichter Wind kam auf und fuhr mir durchs Haar. Ich schloss die Augen und holte tief Luft.

Plötzlich freute ich mich, nach Hause gekommen zu sein, auch wenn es unter so traurigen Umständen war. Ich zog die Schlüssel aus meiner Hosentasche und ging auf das Tor zu.

Links und rechts vom Tor führte eine ungefähr zwei Meter hohe Mauer weg, die nach ungefähr zwanzig Metern in einem 90°-Winkel in den Wald hineinführte. Sehen konnte man dies nicht. Ich wusste es noch von früher. Mir war es bis heute ein Rätsel geblieben, warum diese Mauer immer noch stand. Ich hatte mich schon als Jugendlicher dafür ausgesprochen, die Mauer durch einen Holzzaun zu ersetzen, um die Optik zu verändern.

Aber mein Vater war nie darauf eingegangen. Und mein Bruder hatte auch nichts daran geändert.

Ich schloss das Tor auf und drückte es nach vorn. Es schwang auf und gab den Blick auf den Innenhof frei.

Der komplette Innenbereich war gepflastert, wie ich es in Erinnerung hatte. In der Mitte des Hofs stand ein Springbrunnen. Mein Vater hatte immer darauf bestanden, dass er mit Blumenrabatten umgeben wurde. Das Wohnhaus stand in gerader Front zum Eingang und war im 19. Jahrhundert mit roten Backsteinen erbaut worden. Natürlich wurde das Haus immer wieder Modernisierungen unterzogen, sodass es dem heutigen Wohnstandard entsprach.

Rechts von dem Wohnhaus war der Trakt für die Bediensteten gewesen, der jedoch schon lange nicht mehr genutzt wurde. Längst wohnten die Angestellten nicht mehr auf dem Hof. Links, etwas abseitig, stand eine Holzscheune, die früher das ganze Jahr über mit Heu gefüllt war. Ich hatte es geliebt, im Heu zu liegen, um Bücher zu lesen. Aber das war eine andere Zeit, eine andere Welt gewesen. Neben der Scheune war noch eine Art Carport gebaut worden, unter dem ein Traktor stand. Ich fragte mich, wo die vielen anderen landwirtschaftlichen Fahrzeuge und Gerätschaften hingekommen sein mochten.

Ich schloss die Augen und ließ die Stille erneut auf mich wirken. Herrlich. Wie sehr hatte ich dies alles vermisst. Rasch unterdrückte ich die aufkommenden Gefühle. Ich öffnete die Augen und ging zum Hauseingang. Die Tür war überraschenderweise nicht verschlossen. Das war merkwürdig. Hatte Frederick Witte nicht gesagt, dass die Polizei nach Beendigung ihrer Arbeit alles verschlossen hatte. Mein Herz schlug mit einem Mal schneller. War jemand im Haus? Und wenn ja: Wer und warum? Meine Hände wurden schweißnass. Ich wünschte mir, dass ich jetzt einer dieser coolen Helden aus irgendeiner Action-Serie wäre, die in ein Haus gehen, die Einbrecher stellen und mit zwei Schlägen kampfunfähig machen.

Stattdessen drückte meine Blase, mein Herz schlug wie verrückt und meine Beine wollten den Befehl, vorwärts zu gehen, nicht ausführen.

Ich atmete tief durch und betrat dann leise das Haus. Ich blieb in der Diele stehen und horchte, ob von irgendwoher ein Geräusch an mein Ohr drang. So stand ich ungefähr 5 Minuten im Eingangsbereich. Aber nichts rührte sich.

Ich kam zu dem Schluss, dass die Polizei vergessen hatte abzuschließen.

Ich ging langsam und lauschend weiter und hoffte, dass kein Einbrecher im Haus war. Ich betrat von der Diele aus das Wohnzimmer, welches durch die Sonne in helles Licht getaucht war.

Vorsichtig, sehr darauf bedacht, nichts zu berühren, ging ich zur Couch und ließ mich darauf fallen. Kleine Staubwolken wirbelten auf und kitzelten meine Nase. Als das Jucken nachließ, schaute ich mich im Wohnzimmer um. Die alten Möbel meiner Eltern hatten anderen, moderneren Einrichtungsgegenständen Platz gemacht. Auf gewisse Weise fand ich es ein bisschen schade, weil ich die schweren Möbel aus alter Zeit sehr ansehnlich gefunden hatte. Aber schließlich hatte mein Bruder hier leben und sich wohl fühlen müssen. Ich vermutete, dass im ganzen Haus Veränderungen stattgefunden hatten. Dieser Vermutung nachzugehen hatte Zeit und interessierte mich im Moment nicht wirklich.

Unwillkürlich schaute ich ins Zentrum des Wohnzimmers. Ich hatte es bis jetzt erfolgreich vermieden, meine Blicke dorthin zu wenden. An der Decke hatte eine Lampe gehangen, die nun auf dem Boden lag. Wahrscheinlich war sie aus der Verankerung herausgerissen worden, als mein Bruder den Stuhl unter seinen Füßen weggestoßen hatte. Das vermutete ich zumindest. Ich schaute mich im Zimmer um. Erst jetzt fiel mir auf, dass bis auf die Couch nichts mehr an seinem Platz zu stehen schien. Hatte hier ein Kampf stattgefunden? Ich fragte mich, wer mit wem gekämpft hatte. Die Frage nach dem Grund kam mir wichtig vor. Hatte man meinen Bruder überfallen und aufgehängt, so dass es doch kein Selbstmord war? Ich hing meinen Gedanken eine Weile nach, bis ich einen Wagen auf den Hof fahren hörte.

Ich ging zur Eingangstür und sah, wie zwei Männer aus einem Audi A4 stiegen.

Der Beifahrer entdeckte mich und sagte etwas zu dem Fahrer.

„Sie sind Herr Wiehbach? Torben Wiehbach?"

Ich schaute mir meine Besucher aufmerksam an und kam zu dem Schluss, dass die beiden beim gleichen Herrenausstatter einkauften oder schwul waren, denn die Kleidung der beiden war nahezu identisch. Jeder von ihnen trug ein schwarzes Sakko auf taubenblauem Hemd, dazu eine Krawatte, wie sie bei Tchibo im Angebot war und eine ins Hellbraune gehende Hose mit schwarzem Gürtel sowie schwarze Schuhe. Als Krönung entdeckte ich, dass sie ihr Haar mit viel Gel in eine kaktusartige Form gebracht hatten. Der Modeberater der beiden Witzfiguren schied für mich aus.

„Wer will das wissen?", fragte ich zurück.

„Oh ja, natürlich. Entschuldigen Sie bitte. Ich bin Hauptkommissar Lenzen und das ist mein Kollege Luginger."

Dann streckten mir Lenzen und sein Partner ihre Hände entgegen. Ich nahm sie und schüttelte sie einen Moment.

„Sie wissen, warum wir hier sind?", begann der Hauptkommissar.

„ Ja, natürlich", antwortete ich.

„Genau. Wir haben da nämlich noch einigen Klärungsbedarf."

„Zum Beispiel?"

„Zum Beispiel, ob Sie vielleicht wissen, wer das ganze Haus verwüstet hat?"

Ich war überrascht. Bis jetzt hatte ich nur das Wohnzimmer betreten und natürlich war mir die Unordnung aufgefallen.

Das sagte ich dem Hauptkommissar. „Ich bin vor zehn Minuten hier angekommen. Allerdings hatte ich vermutet, dass Sie die Unordnung zu verantworten haben."

Beide schüttelten den Kopf. „Die einzige Unordnung, die wir gemacht haben, war die, dass die Lampe aus der Halterung kam, als wir Ihren Bruder von der Decke geholt haben."

Da war er wieder. Dieser Stich, der mich traf, wenn ich an meinen Bruder denken musste. Ich geriet ein wenig aus der Fassung.

„Entschuldigen Sie bitte. Ich hatte zwar seit Jahren keinen Kontakt mehr zu meinem Bruder, aber es macht mich sehr betroffen, dass er ums Leben gekommen ist. Er war der letzte Verwandte, den ich hatte."

Die beiden Polizisten schwiegen einen Moment. Dann meldete sich Luginger das erste Mal zu Wort: "Mit anderen Worten: Sie können uns gar nichts über Ihren Bruder und seine Lebensumstände sagen?"

Ich zog die Schultern hoch und schüttelte den Kopf. Dann sagte ich: "Nichts aus der jüngeren oder weiteren Vergangenheit. Höchstens aus unserer Kindheit, aber das dürfte Sie nicht unbedingt interessieren, oder?"

„Da haben Sie recht", antwortete Lenzen.

„Sie haben also noch nichts über die Gerüchte gehört, die sich rund um das Gut und die Wälder rankten?"

„Nein", musste ich zugeben. „Ich weiß nur von Frederick Witte, dass mein Bruder in letzter Zeit recht merkwürdig gewesen sein soll."

Ich schaute die beiden an, dann bemerkte ich, dass wir immer noch in der Tür standen. Ich bat die beiden herein und wir begaben uns ins Wohnzimmer, wo wir Platz nahmen.

Dann sagte der Hauptkommissar: „Sie können uns keinen Hinweis auf den Grund des Selbstmords Ihres Bruders geben?"

„Nein, wie ich schon sagte. Es gab keinen Kontakt zwischen meinem Bruder und mir. Tut mir leid, dass ich Ihnen nicht weiterhelfen kann. Aber lassen Sie mich bitte an Ihrem Wissen teilhaben."

Die beiden Kommissare schauten sich an. Luginger nickte Lenzen zu.

Lenzen sagte: "Das erste Mal, dass wir auf Ihren Bruder aufmerksam wurden, liegt zwei Jahre zurück. Ein paar Jugendliche wollten am Teufelsstein, am äußersten Rand Ihres Guts, ein Grillfest veranstalten. Sie hatten gerade alles vorbereitet, als ein gutes Dutzend, in schwarze Roben gekleidete Männer, die Teenager vertrieben. Man sagte ihnen, sie sollten es nie wieder wagen, diesen Ort zu entweihen. Ich weiß, das sich hört wie ein Kapitel einer Horrorgeschichte von Stephen King oder Dean Koontz an. Aber die Jugendlichen gaben alle unabhängig voneinander die gleichen Aussage zu Protokoll.

Und als sich eine Polizeistreife dem Teufelsstein näherte, wurde der Wagen mit Steinen beworfen. Die beiden Polizisten konnten niemanden erwischen, aber sie meinten, schwarz gekleidete Männer im Unterholz verschwinden gesehen zu haben. Als wir Ihren Bruder nach diesen Vorkommnissen befragten, meinte er nur, dass sich niemand ohne seine Erlaubnis auf seinem Grund und Boden aufhalten dürfe. Nach diesen Vorfällen blieb es eine Weile ruhig.

Doch dann machten ein paar Wanderer, die am Teufelsstein Rast machten, eine grausige Entdeckung. In einer ausgehobenen Kuhle lag eine enthauptete Katze, völlig blutleer, und in den angrenzenden Bäumen hingen an den Beinen aufgehängte Hühner. Es waren dreizehn Stück. Und allen war der Kopf abgeschlagen worden. Mit ihrem Blut hatte man Pentagramme auf die Felsen gemalt. Ich möchte gar nicht wissen, was man alles mit den Tieren angestellt hatte.

Spätestens zu diesem Zeitpunkt geriet der Teufelsstein und Ihr Bruder erneut ins Ziel unserer Untersuchungen. Der hatte mittlerweile damit begonnen, seine Angestellten zu entlassen und sich immer mehr aus der Öffentlichkeit zurückzuziehen. Das überraschte uns, da der Hof Ihres Bruders der einzige in der ganzen Umgebung war, der überhaupt Profit abwarf. Als wir wegen der Vorkommnisse am Teufelsstein bei Ihrem Bruder vorsprachen, wurden wir beschimpft und er drohte uns, dass die dunkle Bruderschaft auch uns vernichten würde".

Lenzen hielt einen Moment inne und schaute mich an.

„Die dunkle Bruderschaft?", fragte ich. „Was ist das? Davon habe ich noch nie gehört."

Der Hauptkommissar fuhr mit der Zunge über seine Lippen und fuhr fort: "Die dunkle Bruderschaft ist oder war ein geheimer Orden, der sich zum Ziel gesetzt hatte, den Teufel auf die Erde zu holen, damit er über die Menschheit regieren und die Erde in ewige Finsternis stürzen kann. Vermutlich eine Gruppe von okkulten Spinnern. Das ist aber auch schon alles, was wir über diese Leute in Erfahrung bringen konnten.

Nachdem wir mit Ihrem Bruder gesprochen hatten, schien es, als ob sich wieder alles beruhigt hätte. Doch ein halbes Jahr vor dem Tod Ihres Bruders begannen die merkwürdigen Vorkommnisse erneut. An den Bäumen der Wiehbach wurden wieder Pentagramme gesehen. Und diese Zeichen waren in der Nähe des Hofes angebracht. Es sah fast so aus, als ob der Hof eingekreist werden sollte.

Wir nahmen es erneut zum Anlass, mit Ihrem Bruder zu sprechen. Doch das Tor war verschlossen und Ihr Bruder reagierte nicht auf unser Rufen und Klopfen. Wir waren zunehmend beunruhigt und beschlossen, regelmäßig eine Streife vorbeizuschicken."

Mir drehte sich alles im Kopf. Mein Bruder sollte einer okkulten Gruppe angehört haben, die den Teufel anbetete? Ich mochte meinen Bruder nie gekannt haben, aber das schien mir doch alles sehr weit hergeholt zu sein.

Schließlich sagte ich: "Das kann ich alles gar nicht glauben. Ich glaube eher, diese sogenannte Bruderschaft wollte meinen Bruder von seinem Land vertreiben, um so ihren Machenschaften ungestört nachgehen zu können."

Ich schaute die beiden Polizisten an.

Luginger antwortete: "Wir wünschten, wir könnten Ihnen etwas anderes mitteilen. Aber es gibt Hinweise, die wir im Haus gefunden haben, die darauf schließen lassen, dass Ihr Bruder dieser Vereinigung tatsächlich angehört hat. Es tut mir wirklich leid, aber die Fakten sprechen eine andere Sprache."

„Aber kann es nicht sein, dass mein Bruder von dieser Bruderschaft umgebracht wurde, weil er aussteigen wollte?" Ich sah bittend von einem zum anderen. Ich wollte es immer noch nicht glauben, dass Meinolf freiwillig aus dem Leben geschieden war.

Lenzen sagte: "Wir haben noch nicht alle Spuren aus dem Haus ausgewertet. Aber bis jetzt ist ein Fremdverschulden auszuschließen. Da drehen wir uns noch im Kreis. Sollte sich etwas anderes ergeben, werden Sie es erfahren."

Ich schüttelte verzweifelt den Kopf. Ich musste mit meinen Gefühlen kämpfen und unterdrückte ein Schluchzen, das sich aus meiner Kehle die Freiheit erkämpfen wollte.

„Was werden Sie eigentlich mit dem Hof machen?", fragte mich Hauptkommissar Lenzen.

„Ich werde ihn wohl verkaufen. Ich habe keine Beziehung mehr zu Leverkusen. Und als Bauer habe ich mich noch nie gesehen. Was das ganze Land angeht, könnte man über eine Verpachtung nachdenken."

Die beiden Polizisten schienen der Meinung zu sein, dass damit alles gesagt sei und standen von ihren Plätzen auf. Lenzen reichte mir eine Visitenkarte.

Ich begleitete die beiden zur Tür und verabschiedete sie. Es war mittlerweile früher Nachmittag geworden.

Ich brauchte fast die gesamte nächste Woche, um das Haus auf Vordermann zu bringen. Nicht, dass das Haus in einem chaotischen Zustand gewesen wäre. Doch ich reinigte Zimmer für Zimmer. Warum ich das tat? Keine Ahnung. Ich kann es bis zum heutigen Tag nicht erklären und werde wohl nie eine rationale Erklärung dafür finden. Doch als alles geschafft war, empfand ich ein befriedigendes Gefühl. Es gab jetzt nur noch eine Sache, die ich abzuwickeln hatte: Die Beerdigung meines Bruders.

Die Beisetzung war für Montag angesetzt. Ich beschloss, direkt im Anschluss nach München zurückzukehren.

Es kamen erheblich mehr Leute zur Beerdigung, als ich gedacht hatte. Einige Leute kamen mir bekannt vor. Doch bis auf Frederick Witte kannte ich niemanden mit Namen.

Die Anwaltskanzlei beauftragte ich damit, einen Käufer oder Pächter für das Gut zu finden. Völlig überraschend war es der Anwalt, der sich für das Anwesen interessierte und mir ein Angebot unterbreitete. Ich sagte ihm, dass ich es mir überlegen und ihn in den nächsten Tagen meine Entscheidung wissen lassen würde.

Ich brauchte für den Heimweg erheblich länger als für die Hinfahrt. Übermüdet und hungrig kam ich morgens gegen 5 Uhr zuhause in München an. Die Tasche mit meinen Sachen stellte ich in der Diele ab und ging in die Küche, um noch eine Kleinigkeit zu essen und dann schlafen zu gehen.

Mein Blick fiel auf die Post, die sich in meiner Abwesenheit angesammelt hatte. Neben den Briefen lagen zwei Pakete. Eins war von meinem Verlag. Der zweite Absender war der meines Bruders. Ich begann zu zittern. In dem Paket befand sich eine Videokassette und ein Brief von ihm, den ich sofort aufriss und zu lesen begann.

Hallo Torben,

wenn du diese Zeilen liest, werde ich nicht mehr am Leben sein. Ich habe eine große Schuld auf mich geladen und kann damit nicht mehr leben. Wie du in der Zwischenzeit erfahren haben wirst, habe ich mich einer Vereinigung angeschlossen, die sich dunkle Bruderschaft nennt. Am Anfang habe ich es lustig gefunden, mit Kutte verkleidet durch die Wälder zu streifen und Pentagramme auf Bäume und Felsen zu zeichnen. Auch die nächtlichen Zusammenkünfte waren recht amüsant. Ich weiß, es klingt albern und so, als hätte ich sonst nichts zu tun gehabt.

Doch dann geriet alles aus den Fugen. Bei einer der Zusammenkünfte kam ein Mann hinzu, der bis zu diesem Zeitpunkt nicht in Erscheinung getreten war. Er forderte uns auf, mit den Kindereien aufzuhören, denn nichts anderes war es bis zu diesem Zeitpunkt gewesen: Kindereien.

An diesem Abend änderte sich alles. Wir begannen Tiere zu opfern, was für mich faszinierend und schockierend zugleich war. Ich konnte mich all dem nicht mehr entziehen. Es war wie ein Sog. Ich glaube, ein Verlassen der

Bruderschaft wäre nicht möglich gewesen. Zumindest habe ich es nicht versucht.

Die Zeremonien wiederholten sich. Der fremde Mann führte jetzt die Treffen und befahl uns, immer grausamere Opferrituale durchzuführen.

Ich bekam Albträume und konnte mich nicht mehr auf die tägliche Arbeit konzentrieren. Ich hatte panische Angst. Weil ich nicht wusste, wie ich diesen Zustand bezwingen konnte, entließ ich alle Angestellten und zog mich aus der Öffentlichkeit zurück.

Bei einem weiteren Treffen wurde eine weitere Stufe der Opferung eingeleitet. Es handelte sich um die Tötung eines jungen Mädchens. Sie mag vielleicht 16 Jahre alt gewesen sein. Das Videoband dieser furchtbaren Tat habe ich mitgeschickt. Ich hoffe, du kannst die richtigen Schritte einleiten.

Die Aufnahmen konnte ich machen, weil mir der Treffpunkt zuvor mitgeteilt worden war. Ich präparierte ihn so, dass das Band laufen konnte, ohne dass jemand etwas bemerkte.

Ich kann dir gar nicht sagen, wie ich gelitten habe, als unser Anführer aus einem seiner Ärmel ein langes Messer hervorholte und, während er in lateinischer Sprache predigte, dem Mädchen die Kehle durchschnitt. Dabei konnte ich einen Moment sein Gesicht erblicken. Meine Überraschung war groß, als ich Frederick Witte erblickte.

An diesem Abend kotzte ich mir die Seele aus dem Leib und heulte Rotz und Wasser. Ich hatte einer Ermordung beigewohnt.

So konnte es nicht mehr weitergehen. Ich war verzweifelt. Ich wusste nicht mehr, an wen ich mich wenden sollte, da selbst in Polizeikreisen Mitglieder unser Vereinigung saßen. Ich bin daher zu dem Entschluss gekommen, meinem Leben ein Ende zu setzen. Besser tot, als weiterhin schuldig zu werden.

Lieber Torben. Vielleicht hätte ich den Weg zu dir suchen sollen. Doch ich hatte Angst, zu dir zu kommen. Wir haben uns als Kinder schon nicht verstanden und als Erwachsene noch weniger. Ich hoffe, du kannst mir verzeihen und mich als denjenigen in Erinnerung behalten, der ich immer war: Dein Bruder mit den völlig anderen Interessen.
Leb wohl, geliebter Bruder.

P.S.: Das Mädchen haben wir im Bürgerbuschbach auf der Höhe des Kreuzbruch versenkt.

Meine Beine gaben nach und ich fiel zu Boden. Ich zitterte am ganzen Leib. Nach einer Weile beruhigte ich mich, und ich schaffte es irgendwie, mir das Telefon zu schnappen.

Immer noch zitternd holte ich die Karte mit der Telefonnummer von Hauptkommissar Lenzen hervor.

Ich brauchte drei Versuche, um die Zahlen in der richtigen Reihenfolge einzugeben. Beim ersten Signalton nahm Lenzen den Hörer ab.

Ich sitze jetzt seit zehn Stunden in meinem Arbeitszimmer, fühle mich berauscht von Kaffee und Nikotin, bin schweißgebadet und habe mir alles von der Seele geschrieben. Langsam fällt die Anspannung von mir ab. Es ist wirklich Zeit, ins Bett zu gehen. Ich muss schließlich für morgen ausgeschlafen sein, wenn mein neues Buch präsentiert wird. Ich hoffe, Sie werden es lesen.

Kapitalverbrechen aus Leverkusen

Dem Täter auf der Spur

30 Jahre im Dienst
der Leverkusener Kriminalpolizei

von Erwin Prahl & Harry Schick

An einem Samstagmorgen im Jahr 1969 riss gegen 3 Uhr der furchtbare Schrei eines 14jährigen Mädchens die Bewohner des Hauses in der Rathenaustraße in Manfort aus dem Schlaf.

Das Mädchen hatte seine Mutter blutüberströmt aufgefunden. Das Entsetzen des Kindes konnten wir bei der Besichtigung der Leiche im Städtischen Krankenhaus Leverkusen, wohin die Frau vor unserem Eintreffen mit dem Rettungswagen gebracht worden war, nachvollziehen.

Im Rücken der Frau steckte ein 20 Zentimeter langes Fleischermesser. Ein Teil der Messerspitze ragte vorn in Brusthöhe aus dem Körper heraus...

Erwin Prahl, Jahrgang 1927, kam 1956 über Lübeck zur Polizei nach Leverkusen. Zunächst war er als Verkehrsposten am Bayer-Löwen bereits vielen Einwohnern Leverkusens bekannt. Später, nach dem Wechsel zur Kriminalpolizei, war er nicht wenigen Menschen durch die örtliche Presse als „Leichen-Erwin" ein Begriff.

Dieses Buch beschreibt nicht nur die Fälle, die Erwin Prahl im Laufe seiner Dienstjahre zu bearbeiten hatte. Dieses Buch ist zugleich ein Stück Geschichte der Stadt Leverkusen.

120 Seiten • 12 cm x 19 cm • ISBN 3-8334-0193-1

Esther Goldblum
& die Tränen des Todes

von Stefan Zenker

Ein Leverkusen-Krimi

Sie kamen leise und rasend schnell. Sie waren vermummt und sprachen kein Wort. Jeder kannte seine Aufgabe. Worte waren fehl am Platz.

Manfred Wolf war so sehr in seine Aufgabe vertieft, dass er sie erst bemerkte, als sie hinter ihm standen. Er konnte den ersten Angreifer abwehren, aber es waren zu viele. Er schlug wie von Sinnen um sich.

Plötzlich spürte er einen heißen Schmerz im Unterleib. Ungläubig schaute er an sich herab. Aus einer Wunde sickerte das Blut erst langsam, Sekunden später stärker heraus. Ein Angreifer hatte mit einem Messer zugestochen.

Das Erstlingswerk des Opladener Autoren Stefan Zenker in guter Anlehnung an die bisherigen Leverkusen-Krimi, aber voller unvergleichbarer Ideen und Spannung bis zum Schluss.